蝕みの月
～深淵～

蝕《むしば》みの月《つき》 ～深《しん》淵《えん》～

高《たか》原《はら》いちか
ILLUSTRATION：小《お》山《やま》田《だ》あみ

蝕みの月 ～深淵～

LYNX ROMANCE

CONTENTS

蝕みの月～深淵～

とっぷりと暗いそこは、あたたかで居心地のいい深淵《しんえん》のようだった。

「来なさい、三輪《みわ》」

「来てよ、三輪」

ふたりの男のふたつの手が、同時に三輪に向かって差し出される。

目を病《や》んでいる三輪は、暗い視界の中、もがくように両手で空《くう》を掻《か》きながら、その手を求めた。

抑揚《よくよう》の少ない低い声で、やや目上から命じる口調なのは、実兄《じっけい》の京《きょう》。

逆に小さな子供が甘えるように懇願《こんがん》するのは、義弟《ぎてい》の梓馬《あずま》だ。

直接の血の繋《つな》がりのない者もいるが、ここにいる三人は、共に「汐月《しおつき》」の家名を持つ三兄弟だった。

汐月家は大正以来、銀座《ぎんざ》で画廊を経営しており、代々続いた生活ぶりも裕福で、まずは名門と言っていい。

(でも、ぼくらの体に流れる血は――……)

伸べた両手を、同時に、同じくらいの強さで、別々の手に握られる。

ベッドの上に引き寄せられ、実兄の腕と義弟の胸に抱かれながら、三輪は汐月画廊創業者である高《こう》祖父《そふ》・弥一《やいち》の時代に思いを馳《は》せた。

＊　＊

「――義兄《にい》さん」

ベランダで夜風に当たっていた時、背後から声をかけられた。物柔らかでありながら明瞭《めいりょう》な声の主は、振り向くまでもない。

「和泉《いずみ》か」

晴れ渡る夜空のように、星を宿した瞳《ひとみ》。少女のように華奢《きゃしゃ》な輪郭《りんかく》を持つ顔――。

海石榴《つばき》和泉。彼はわたし――汐月弥一の、早くに亡くした妻の実弟だ。長く全寮制の学院にいたが、そこも卒業し、去年から銀座の画廊の手伝いをしてくれている。妻の残したひとり息子の繁美《しげみ》も、彼に懐《なつ》いているようだ。

「……田中《たなか》さまが、今夜はこのままお泊まりになりたいと」

形のよい唇から零れ出た来客の名が、いわく言い難《がた》い響きを持っていたのは、それがあからさまな偽名だったからだ。「田中さま」が、実はこの国で最も高貴とされる血統の一員だということは、招待主のわたしはもちろん、その右腕である和泉も、おそらくはこの山荘で働く誰もが周知していることだ。

「では、寝室の準備をメイドたちに言いつけておいてくれ。寝酒として、ブランデーをな」

「はい、義兄さん」

「それから、江島《えじま》の様子を見てきてくれ」

じっとわたしの命令を待っている義弟の黒い瞳から、わたしは思わず目を逸《そ》らした。

「……田中さまのお相手では、相当消耗《しょうもう》しているだろう。様子を見て、怪我《けが》をしているようなら手当てを。何か温かいものを食べさせて、いい部屋を宛《あ》てがってゆっくり眠らせてやれ」

江島、というのは、汐月画廊が目をかけている画家のひとりだ。画家と言っても美術学校出などではなく、何の学も後ろ盾もなしに田舎《いなか》から絵具箱ひとつで上京してきた無謀《むぼう》な若者――最近、地方の農村経済は不況で荒れ果てているから、なりふり構わず貧しい暮らしから脱出したがる者は珍しくもないが――で、案の定、行き倒れ同然の身の上になっていたところを、わたしが拾い上げた。その恩義を、今この山荘で返しているところだ――……その若い体で。

「――……和泉」

「はい？」

「わたしを軽蔑《けいべつ》しているか？」

夜風に吹かれながら、問う。すると美しい義弟は、さも心外なことを問われたかのように目を瞠《みは》り、慌《あわ》てたように首を左右に振った。

「いいえ、とんでもない――……ぼく、不満そうな顔をしていましたか？」

知らない間に不快にさせるような表情をしていただろうか、と案じる和泉に、いいや、お前は常にやさしく美しく、わたしを癒《い》やしてくれる……。そう言おうとして、口を噤《つぐ》む。

「軽蔑していて当然だ。わたしは――。わたしは……」

汚い稼業に手を染めているだけではない。

お前ももう知っているだろう。若い体を縛り、残忍に陵虐《りょうじょく》する趣向を求めてこの山荘に群がる男たちと、わたしが実は同類だということを。

秀麗な容姿の若い青年を探し出しては犯し、ここで働かせているわたしが――……心の中で、本当は誰を抱いているのかを――。

本当は、誰を、犯したがっているのかを、お前は知っているはずだ――。

「弥一《やいち》義兄さん」

和泉がベランダに歩み出てきて、その手でそっとわたしの腕に触れてくる。

「あなたがここでしていることが、正しいことだとは、ぼくも思いません」

「和泉……」

「でもあなたが、まだ幼い繁美やぼくや……汐月家の家族たち、そして画廊の従業員の生活のために決断したことを、軽蔑する気は毛頭《もうとう》ありません」

穏《おだ》やかな声の、だが力強い断言だった。わたしを許してくれる言葉だった。わたしは、衝動的に義弟の手に己の手を重ねた。

わたしのものよりひと回り小さく、滑《なめ》らかな感触に、心が波立つ。

熱く滾《たぎ》るように。渦《うず》を巻くように。底深く落ちるように——。

——そうだ、わたしはとうに、この美貌《びぼう》の青年に恋をしている。

人を介して妻と出会った時、その年の離れた弟である和泉は、まだほんの子供だった。生まれつき虚弱《きょじゃく》で、常にどこかを病んでおり、青白くやせっぽちで、実業界ではそれなりの家の御曹司《おんぞうし》でありながら、外見はひどく貧相だった。到底、大人になるまで生きていられないだろうと思った。わたしの心をそそるところなど、少しもなかった。

それがどうだろう。ひ弱な芽の上に歳月が降り積もるうち、今にも萎《しお》れ落ちそうだったそれは蕾《つぼみ》をつけ、徐々に花弁を伸ばし花粉を作り蜜を溜め、ついには誰よりも美しい花となって咲き開いた。か弱く儚《はかな》く見えた彼は、実は誰よりも辛抱づよく春を待つ花だったのだ。

——その花開く姿を見た瞬間、わたしにとって和泉以外の人間は、男も女も石くれと化した。

妻はすでに亡い。だがもし表沙汰になれば、世間はこの恋を不倫と見なすだろう。男同士であることと、そして義理とは言え兄弟であることの二重の禁忌《きんき》を犯すものとして。

こんな稼業に手を出し、すでに両手をどす黒く染めた今、世間の口など怖くもないが、これ以上、汐月家の事情に——わたしの歪《ゆが》んだ願望に、和泉を巻き込むのは憚《はばか》られる。この子はまだ若いのだ。今は空前の不景気のさ中で、世間にはろくな職もないから仕方がないが、いつまでも、汐月画廊の手伝いや、母のない甥《おい》っ子のお守《も》りに縛りつけておくのは好ましくない。

それに、こんな後ろ暗い稼業の共犯者にしておくのも……。

口には出すまい、と思った。これからも、決して。お前を愛しているなどとは——。

「……江島さんの様子を見てきます」

口ごもってしまったわたしに気を遣《つか》ったのだろう。和泉はするりと離れていった。行儀《ぎょうぎ》のいい彼が、ぱたん……と静かにドアを閉ざすのを、わたしは黙って見送った。

夜風が、乱れた前髪をなぶる。

不自然なほどに辺鄙《へんぴ》な場所に一軒きりで建つ山荘の周辺は、どこまでも木々が埋め尽くす森だ。梢《こずえ》は常にざわざわと不穏《ふおん》に揺れ、月明かりに蒼《あお》く照らされた森では、夜鳥が妖しい鳴き声を上げている。氷輪荘《ひょうりんそう》の名にふさわしい光景だ——。

その薄明の光景の中に、どこからともなく人のすすり泣く声が響いている。若い男の声。江島だ。案じた通り、かなり痛めつけられたらしい。

あとで田中さまが絵を沢山買ってくれるからいい、と本人は言うが、率直に言って江島の絵は基礎がなっておらず、金を出して買うような代物《しろもの》ではない。買い上げたあと、風呂の焚《た》きつけにでもされているのではないか……とわたしは思っているが、江島も察していて知らぬふりをしているようだ。

——ぼくの田舎では、長男以外の倅《せがれ》は一生兄貴の家でただ働きさせられるんです。嫁も貰《もら》えず、女郎屋に通う金も貰えず、女も知らないまま年を取ってしまう人も珍しくない。その惨《みじ》めさを考えれば

――……。

一生飼い殺しの奴隷《どれい》労働力として終わるくらいなら、好きな絵を描きながら東京《とうきょう》で野垂《のた》れ死にしたほうがいくらかましだ。そう腹を括《くく》って上京してきた江島は、この秘密倶楽部《くらぶ》の顧客《こきゃく》の中でも一番わがままで残忍な性癖《せいへき》の田中さまのお気に入りだ。売れっ子だった早坂逸水《はやさかいっすい》をタターロフに奪われて逃げられた時は、どうなることかと思ったが――。

（しかし、そろそろ限界だろう――）

逃亡者が出たということは、ここの実態が外に漏《も》れたということだ。こういうことは、蟻の一穴《いっけい》からぼろぼろと崩れていく。

ここの顧客は、みな地位と富と名声を兼ね備えた上客ばかりだ。彼らは、完璧に秘密が守られた空間でぞんぶんに劣情を満たすことをこそ望んでいる。「秘密が漏れた秘密倶楽部」など、あっという間に需要がなくなるだろう。

田中さまに見込まれた江島の心身も、ここで身を売らせている他の者たちも、この秘密倶楽部の存続それ自体が、もう限界かもしれない。逃げた逸水の行方は知れないが、もし奴が新聞にでも醜聞《しゅうぶん》を漏らせば、厄介《やっかい》なことに――……。

突如《とつじょ》、悲鳴が上がった。耳をつんざくような、甲高い女の声――。

ぞわっ、と嫌《いや》な予感がした。部屋を出て行ったばかりの義弟の面影が、網膜《もうまく》を斜めに横切る。

「旦那《だんな》さま、旦那さまァッ！」

果たして、さほど間も置かず、若いメイドがひとり、半泣きの顔で駆け込んでくる。

「つ、つ、海石榴さんが……海石榴さんがぁ……」

和泉がどうした、と問い返す間すら惜しんで、わたしはメイドを押し除《の》けて部屋から駆け出した。

階段の上部に、人が群れていた。コックやメイド、執事《しつじ》たちが、ひとりの男を遠巻きにしている。

だらしなく肥《こ》えた体の、下肢《かし》にだけ衣服をつけ、腰が抜けたようにへたり込み、従者に支えられている男――「田中」だ。

「ち、違う、わ、わたしは……！　わざとやったのではない！　あれが、あの若いのが勝手に足を滑らせて落ちただけだ！」

そう喚《わめ》いて指差す先には、階段の下に横たわる和泉の姿があった。わたしは人垣を掻き分け、ぐちゃぐちゃと言い訳をし続ける「田中」を無視して、階段を駆け下りた。

「あの若いのが悪いのだ！　わたしは、あのカタログの写真の通りに相手をせいと言っただけで、今さら生娘《きむすめ》のように嫌がったあれが悪いのだ……！」

その言葉で、真相がわかった。「田中」は、和泉がこの秘密倶楽部の案内カタログのモデルだと勘違いを――よく似た青年をさらに化粧で似せて使っているのだから無理もないが――し、たちまち好奇心と劣情をもよおして、写真と同様に自分の相手をさせようとしたのだろう。この子はわたしの家族だから、そういうことをさせる気はないと、釘《くぎ》を刺しておいたにも拘《かかわ》らず。

和泉は劣情を丸出しにした男を拒み、逃げ、そしてこの場所で追いすがられて揉《も》み合いになり、「田中」を振り払った拍子に階段を転げ落ちて……。

「旦那さま――……」

和泉の首筋に手を触れていた男が、わたしを見上げ、悲痛な顔で首を振る。

――もう駄目だ、という風に……。

(そんな)

わたしは息を呑《の》んだ。そんな馬鹿な。

和泉はついさっきまで、元気だったのだ。まったくの健康体だったのだ。言葉を交わし、目を交わして、互いの手のぬくもりを確かめ合ったのだ。それが、どうして――……突然こんな……。

「汐月さま、その……」

階段を降りてきた「田中」の従者が、恐々と声をかけてくる。

「このことは――……どうか、うちの旦那さまには関わりなきようにご処置を……」

言葉つきは慇懃《いんぎん》だが、脅《おど》すような色がなくはない。青年の死は全面的に「うちの旦那さま」の責任だが、貴様もこの秘密倶楽部の経営者であるからには、共犯者としてこのことを隠蔽《いんぺい》してくれなければ困る――という風に。

「――……わかっております」

わたしは機械のように答えた。

内心、何が関わりなきようにだ、と憤《いきどお》りつつ。

人殺しめ、この、人殺しめ――……！

「わかって、おります……」

虚《うつ》ろに呟《つぶや》きながら、和泉の顔を撫《な》でる。

その瞼《まぶた》を閉ざしてやりながら、わたしは震えた。

――わたしのせいだ。

和泉。

わたしがこんな、後ろ暗いことをしていたせいで――……お前をこんなことに巻き込んだせいで
――……！

許してくれ。

いいや、許さないでくれ。

わたしはお前の仇《かたき》も取ってやれない。お前を殺した相手を告発することもできない。

お前の死を、真っ当に悼《いた》んでやることもできない。このまま、闇に葬《ほうむ》るしかない。

わたしは……わたしと汐月の家は、この先、何の罪もないお前を殺した罪を背負う、どす黒い、呪

われた存在として、生きていくしかない――。

「和泉……」

深く項垂《うなだ》れ、しとしとと涙の落ちる膝の上で、わたしは硬く両手を握りしめた。

＊　＊

スイートルームの窓は壁一面を占めている。その眼下では、すでにその日の離発着を終えた深夜の空港が、宝石をばら撒《ま》いたような無数の光を点滅させていた。

「あ、ああ………」

そのまたたきを背景に、三輪は、白くしなやかな肢体《したい》を、風に揺れる若木のようにしならせた。照明を落とした暗い部屋の中、ベッドの上で天井を仰《あお》ぎ、声にならない声を、開きっぱなしの唇と震える喉から絞り出しながら。

「三輪――」

悦楽に掠《かす》れた声が、シーツの上に横たわった男から発せられる。仰向けのその下肢を跨《また》ぐ格好で、三輪は後ろをほぼ垂直に貫かれていた。

「にい、さ……。京にい、さん……」

自ら腰をゆらゆらと振って、快楽を求めながら嬌声《きょうせい》を漏らす。

零《こぼ》れる言葉は、たわごとではない。三輪の腰を支え、貫いている男は、正真正銘《しょうしんしょうめい》、血を分けた兄の京だ。

「三輪――」

京もまた、切れ長の目をさらに細めて、白い肢体の感触とうねりを味わいながら、弟の名を呼ぶ。

その手はしっかりと三輪の腰骨を摑《つか》み、決して逃がさないとばかり、臀部《でんぶ》の肉に指先を食い込ませている。

「愛している、三輪……お前がわたしの弟として生まれた瞬間から、ずっと――」

ぎしぎしと、ベッドの軋《きし》み。腰で三輪の体を突き上げ、上下させながらの囁《ささや》き。

「生きていて幸せだと感じられるのは、お前とこうしている時だけだ――」

「兄さん……」

三輪は熱に浮かされながら兄の顔を見下ろした。理想的な優等生で、スポーツマンでもあった兄。嫌味なほどに完璧な外面と、それとは裏腹に、実弟を山荘に監禁して愛人として調教するどす黒い性《しょう》根《ね》を持ち、三輪にとって長く憎悪の対象だったその兄が、実は凍《い》てつくような孤独と苦しみの中にいたことを知ったのは、三輪にとってはまだそれほど遠い過去のことではない。

「兄さ……ぼく、も――……」

心からの声で応《こた》える。

「ぼくも愛して、る……。あなたを愛してる……」

以前は唇を噛《か》みしめ、背徳感と屈辱《くつじょく》に震えながら受け入れていた兄との交わりを、今の三輪は歓喜の中で求めている。この寂しい兄と、硬く漲《みなぎ》っている体内のものが、愛しくてならない――。

すると、禁じられた交わりに惑溺《わくでき》する三輪の肩に、背後から、別の男のたくましい双腕《そうわん》が、すっ……と絡《から》みつき、指先で胸の尖《とが》りを探ってきた。

「俺も愛してる――三輪……」

背後にいるのは、三輪よりも数段浅黒い肌を持つ青年だった。やはり裸体で、髪にやや癖《くせ》があり、顔の彫りが深い。

「京にばっかり言わないでよ――」

「梓馬《あずま》……」

拗《す》ねた声で甘えながら、背後から猫のようにじゃれついてくる青年の髪を、三輪は体をひねり、逆手《さかて》でぐしゃぐしゃと撫でた。

「ああ……お前のことも――愛してる、よ……」

梓馬は事情あって親戚筋《しんせきすじ》からきた養子で、京と三輪のように実の兄弟ではない。だがごく幼少期に引き取られて以来、ずっと兄弟として育ったために、三輪にはこの義弟が他人だという意識が乏しかった。それでもなお、三輪はこの寂しがり屋の弟を愛した。恋人として体を与え、キスを交わし、抱きしめて愛した。

――実の兄と同時に、義弟とも……。

罪の意識などない。そんなものは、すでに三輪の心の中の墓地に埋葬され、永久に凍土《とうど》の下だ。

――愛してる兄さん。

――愛してる梓馬。

――ふたりとも愛してるッ……！

一年前の、あの日あの夜、湖の、ゆらゆらと揺れる浮桟橋《うきさんばし》の上で、大雨に打たれながら放った三輪の叫びを、京と梓馬は躊躇《ちゅうちょ》もせずに受け入れてくれた。

京も梓馬も、だが本心では三輪を自分だけのものにしたがっていた。あの瞬間まで、自分のほうを選んでくれることを望んでいた。そのひたむきな気持ちを、三輪は自分のわがままで踏みにじった。どちらかひとりを選べず、どちらをも欲しがった。罪悪感があるとすれば、近親相姦の禁忌を犯していることにではなく、そのことに対してだ。

その罪の代償に、三輪はふたり共有の性奴と化した。京か梓馬かが――あるいはふたりが同時に三輪を欲した時、三輪にはそれを拒否する権利がない。どれほど苦痛や屈辱を伴う交わりを強要されても受け入れなくてはならないし、この先、このふたり以外の誰かに心変わりをすることは許されないだろう。だが、ひどく扱われることも、独占欲で束縛されることも、三輪にとってはこの上ない悦《よろこ》びだ。

ふたりの男に、ふたりがかりで蹂躙《じゅうりん》される時、三輪の肉はもっとも震え、深く充《み》たされる。苦悶《くもん》が強ければ強いほど、深い恍惚感《こうこつかん》に包まれる——。

「あ……ッ」

短い悲鳴が漏れたのは、背後にいる梓馬が、三輪の両手首をひとまとめに掴んで後ろに引っ張ったからだ。

「三輪……俺にもさせてよ」

下肢を肉杭で穿《うが》たれたまま身を反らされて、一瞬、息が詰まったその顎《あご》を、梓馬がさらに掌《てのひら》で仰《の》け反らせる。

「京にばっかり感じないでくれよ」

「ん……ん、んッ……！」

首をねじられながらいっぱいに口づけられて、三輪は苦しさに呻《うめ》いた。嚙みつかれるような、容赦《ようしゃ》のない奪われるキスに、体の芯がぞくぞくと震える。

「三輪……ここも、だ」

その反った胸に、下から京の手が這《は》い上ってくる。

「こちらでも、感じるだろう——？」

ただでさえ感じて尖っていた乳首を、したたかに摘《つ》ままれ、弄《いじ》られて、キスをされたままの口から押し殺した悲鳴が漏れた。

「――……ッ……！」

窓の外は、人工の光の散らばる夜。

ふたつ並んだクイーンサイズのベッド。泊まり客は三人。だが夜通し使われるベッドはひとつだけだ。

「ねぇ、三輪……あれやっていい？」

義弟が、背後から囁く。その手は三輪の両手首を縛《いまし》めながら、もう片方の指先で、京と繋がっている部分に触れている。

「あ……あず、ま……？」

目の横で、いかにも肉食動物めいた肉厚の唇が、にっ、と笑う。

「もし明日、足腰立たなくなったら、ずっと俺がだっこして歩いてやるからさ――」

「……！」

「ねえ、させてよ――……」

二本挿《ざ》し、と、耳のふちをくすぐりながら、厚い唇が囁く。

三輪はその囁きに、くらりと恍惚の目眩《めまい》を感じながら、唇では「いや……」と呟き、首を振った。

「駄目だ……も、これ以上広がらな……」

かたかたと体が震えるのは、恐怖と期待とが半々だ。

引き裂かれる苦痛と、深淵に突き落とされるような絶望的な恥辱《ちじょく》を強《し》いられるそれは、だが同時に、三輪の体の奥に潜《ひそ》む怪物には、蜜のような悦びをもたらし、三輪を本能だけの淫獣《いんじゅう》に変えてしまう行為だった。兄弟たちにそうされる瞬間を、淫蕩《いんとう》で被虐的《ひぎゃくてき》な三輪は常に怯《おび》えながら待ちわびている――。

「裁判だの何だので、こうしてふたりでお前を抱くのも久しぶりだから、さぞ苦しいだろうが……」

実弟の被虐性を知り尽くしている京が、にやつきながら言う。

「こんなに狭くてきつくなってるのに、可哀想《かわいそう》だけど――」

梓馬もまた、悪戯《いたずら》を実行する寸前の子供のような声音《こわね》だ。

「だが――今夜は思い出を作る夜だ」

「にい、さ……！」

「わたしがロンドンに発《た》ってしまったら――当分は、こうして三人では逢えないだろう？」

宥《なだ》めるように告げられて、三輪はきゅっと唇を噛む。

そうだ、この兄は明日、朝一番の飛行機で行ってしまうのだ――……。

「前に手を突いて、腰を上げなさい」

窓の下で、ちかりちかりと、紅《あか》い光がまたたく。

「ここに、梓馬も入れてやるんだ、三輪」

「や……」

「さあ、早く」

義弟の手から兄の手へ、三輪の上体が渡される。三輪は姿勢を変えられる苦痛に啼《な》きながら前のめりになり、兄の胸に肘を突かされた。

その背後に、義弟が伸し掛かってくる。

「ひ………！」

心もち抜け加減になっていた兄のものと息を合わせるように、熱塊が押し込まれる。めりめりと音を立てて、三輪を引き裂くように――。

「いや……！　いやあ……！」

その瞬間、三輪はふたりの男にとって、兄弟でも恋人でもなくなる。

兄と義弟がひたすら愉悦《ゆえつ》を追うこの瞬間、三輪はただそれを満たすためだけの玩具《おもちゃ》だ。男たちに快楽を貪《むさぼ》らせるために、言葉ばかりは「大丈夫だよ」とやさしく宥められながら、巨大な、焼けつくように熱いもので、じっくりと貫かれる。

「ひっ、い………」

身を捩《よじ》って苦痛を逃そうとする動きは、四本の腕に押し止められた。爪の手入れまで怠《おこた》りない長い腕と、荒事《あらごと》に慣れた野性的な浅黒い腕が、前と後ろから同時に三輪に絡みつく。

「三輪」

「三輪っ」

そして京と梓馬は、同時に動き始める。

三輪を食らい尽くすために――。

「あ、ああ、あ……！　ああっ……！」

ひたすら、振り回されるように翻弄《ほんろう》される。

ふたりの男に同時に貪られる三輪は、二匹の蜘蛛《くも》に捕らえられた白い蜉蝣《かげろう》のようだ。許して、と懇願しながら薄羽を捥《も》がれ、もう止めて、と泣きながら脚《あし》を食いちぎられ、ただされるがままに食い尽くされて、ついには声もなく死のように果てる、哀れで美しく、美味な獲物。

「あ、あ、あ……」

梓馬に抱きすくめられ、支えられる体を、真下から京に突き上げられて、ふたり分の男を呑みながら、がくがくと揺さぶられ、ただ開いているだけの目をさらに瞠る。

下腹の中で、何かが弾《はじ》けるために膨《ふく》らんでくる――……。

「兄さ……あず、まっ……」

その声は、すでに淫《みだ》らな悦びに浸《おか》されている。

今は何よりも大切な、禁忌の関係。

愛しくてたまらない、ふたりの――禁断の恋人……。

「ああ……もっと……！　もっとして……ぼくをめちゃくちゃに、して……！」

熱い。痺《しび》れる。焦《こ》げる。頭の中が真っ白で、もう何もわからない――。

二本の肉棒が、交互に内壁《ないへき》を擦《こす》り、競い合うように質量を増していくのを感じながら、三輪は長い苦悶の時間を、恍惚の中で味わった。

＊　＊

「……本当に、行ってしまうんですか……？」

ぐったりとシーツに沈みながら、ほとんど力の入っていない声で、三輪は尋ねた。

そんな弟を、京は愛しげに片腕で抱き寄せ、もう片方の手で髪を撫でた。

「三輪、もう何度も話しただろう？　わたしがロンドンへ行くのは、汐月画廊とお前を守るためだと」

「――兄さん……」

汐月画廊というのは、銀座に本店を持つ……というより、今は経営縮小でその一店舗《てんぽ》だけになった創業一世紀になろうかという名門画廊だ。一年ほど前までその社長は長兄の京だったのだが、とある醜聞に塗《まみ》れたため、今は次男の三輪に社長の座と経営権が譲《ゆず》られている。ただ三輪は目の病に冒されて半盲状態のため、実際には義弟にして三男の梓馬がイギリスから帰国し、業務の大半を補佐していた。

そして、名門画廊を醜聞に塗れさせ、罪を負い、厳しかった裁判を終えた京は、末弟と生活の場を入れ替えるように、イギリスに発とうとしている――。

「画廊の経営を放り出して行くのは心残りだし、お前の目のことも心配だ。だがわたしには弱みがある。実の弟のお前と、こんなことをしているという、言い訳のできない弱みがな」

「……ッ」

「もし、そのことを裏の商売で繋がりができた連中に嗅《か》ぎつけられたら、わたしたちは終わりだ。裁判は終わったが――しばらくは、日本を離れてほとぼりを冷ましたほうがいい」

「でも……」

「言うことを聞きなさい、三輪」

まだ三十を超えたばかりなのに、時々、物言いが古風な父親のようになる京が、三輪の日を覗《のぞ》き込んで告げる。

「わたしだって――わたしだって本心では、お前と一時も離れたくない……」

いつもは眼鏡《めがね》をかけている兄だが、今は裸眼だ。常に怜悧《れいり》さを失わない男が、こうして至近で三輪を見据《みす》える時だけは、狂気を疑うほどに怖ろしい、ねっとりと熱いまなざしになる。その眼光を浴びる痛さは、病んだ目でもはっきりと感じ取れるほどだ。

「できるものなら毎日、お前をこうして抱いて愛したい。お前から愛されていることを感じながら日々を暮らしたい」

「京――……」

「禁じられた、叶うはずもない想いを受け入れてもらえた。それだけで満足すべきなのに、心は欲深くなるばかりだ。もっともっと、お前が欲しい――」

そう言って、兄はいきなり両腕で三輪を掻き抱いた。ひたりと全身の肌が合わさり、その熱さに、三輪の体に慄《おのの》きが走る。

「にい、さ……」

「三輪、わたしの三輪――」

兄の手が、三輪の細腰に絡みつく。さらに臀部にまで滑り降りようとしたそれを、不意に背後からぴしりと叩く者がいた。

「はいはい、俺もいるのにふたりだけで盛り上がらないように」

三輪の体を自分のほうに引き寄せるたくましい腕。飄々《ひょうひょう》とした声。梓馬だ。京が悔しげに舌を打つ音がした。

「いいところで水を差すな、梓馬」

「俺が止めなきゃ、あんたまたなし崩しに三輪に伸し掛かっていっちまうだろ。二本挿しまでしたんだから、今夜はもうこれ以上無理させんなよ」

「今夜を最後に当分は会えないんだ。名残《なごり》くらい惜しませろ」

再び、三輪はぐいっと兄のほうに引き戻される。そして、京は、はーっ……とため息を零した。

「だいたい、わたしの惜別《せきべつ》の夜に何でお前が混じるんだ、梓馬。今夜くらい三輪とふたりきりにさせてやろうという配慮はないのか」

「何でお前がとはご挨拶《あいさつ》じゃないか」

梓馬の温度の高い腕が、背後からまた三輪の体を奪い返す。

「俺だって一応あんたの弟なんだから、『お別れ会』には参加したいに決まってるだろ、『京兄さん』」

「そこまで堂々とした嘘《うそ》だと、いっそあっぱれだな不肖《ふしょう》の弟よ。三輪をわたしに独占させたくないだけのくせに」

「あんたが無茶やりすぎて三輪を壊さないか心配だったんだよ！　三輪はここんところ、汐月画廊の経営と、例の早坂逸水の伝記の執筆の二足のわらじで、大変だったんだからな！」

このサディストめ、何をこの兄離れできないブラコンめ——と、三輪を挟《はさ》んでの口喧嘩《くちげんか》が続く。三輪は一方に奪われてはまた奪い返され、ふたりの男の間で翻弄されながら、なぜか突然、無性《むしょう》に可笑《おか》しくなって、くすくすと笑い出してしまった。

「三輪？」

「何を笑っている。人が真剣に——」

「ごめん梓馬、兄さん。だって……」

一応口先では謝ったものの、くすくす笑いは止まらない。

好きだ、と思った。このふたりが好きでたまらない。どちらも、たまらなく愛しい。その好きな男ふたりにどちらからも愛してもらえるなんて、自分はなんて幸せ者なんだろう。

(幸せすぎて……)

幸せすぎて、何だか怖い。

何だか、怖くて、悲しい――……。

くすくすと笑いながら泣き始めた三輪を見て、京と梓馬ははっと息を呑み、無言のまま、それぞれ三輪の喉元とうなじに口づけた。

＊　＊

そうして翌日、京は幾度も幾度も振り返り、そのたびに大きく手を振って、ロンドン行きの飛行機に乗り込んでいった。

「京兄さん……」

三輪はそれを、梓馬の体にもたれ、抱き支えられながら、涙ぐんで見送った――。

許スモノカ、許スモノカ――。

コノ家ノ子ガ呪ワレズ、罪ヲ負ワズニ、白ク清イママニ生キルコトナド、絶対ニ許スモノカー―

……！

◇　◇

晴天の日の午後だった。どこからか、ちりんちりんと、盛んに幼児用の自転車のベルの音が聞こえてくる。そういえば裏の家に住んでいる「たっくん」という名の男児が、三日ほど前に「たんじょうびにじてんしゃを買ってもらうんだ！」と大いばりで教えてくれたのだった。きっと今日、それが届いたのだろう。得意げに乗り回している様子が、目に浮かぶようだ――。

「だからな、三っちゃん。これからはまたこういう幻想味のある絵が流行《はや》るって！」

相も変わらず酒臭い息を吐く志摩叔父《しまおじ》が、唾《つば》を飛ばさんばかりに身を乗り出してくる。

相対する三輪は、思わず後ろに身を退いてしまった。といってもソファには割と高い背もたれがあるから、実際には上体を少し後ろへ反らしただけだったが。

「とにかく画廊に置いてみてくれよー。な、この通りだ！」

東京・汐月家本邸。対面のソファに陣取り、腰を浮かせてしゃべり通しの志摩叔父の左右には、何枚ものカンバスが並べられている。どれもこれもまだやっと絵具が乾いたばかりらしく、画材独特の匂いが鼻を突いた。

（相変わらず、もどかしい絵だ――）

三輪はその一枚を手に取り、昼間の光があるうちはまだまずまず見える目を凝《こ》らして、思った。

志摩叔父は一応、美大を出ている。だから基礎もテクニックもある。デッサン力など大したものだ。だがそれだけだ。志摩の絵には芸術にもっとも必要なもの――人の心に食い込むもの、強く伝わってくるものがない。カンバスに絵具を塗り重ねただけのものが、輝き渡る生命を持つための、あと一歩の飛躍力がないのだ。それが何かは、三輪にもうまく言葉にできないが――。

ため息をつきたい気持ちを堪《こら》え、目の前にかざしていたカンバスを降ろして、叔父を見る。

「それで叔父さん。当面、いくらご入り用なんです？」

その言葉に、金が引き出せそうだと踏んだのだろう。志摩は、にたり、とだらしのない笑みを浮かべ、金額を口にした。三輪はそれを値切りも上乗せもせず、無言でソファから立ち上がる。

叔父の絵が売れないことは承知の上だ。だが、以前のようにただ酒代の無心に来るよりは、とにもかくにも売りつけるものを描いて持ってくるだけ、この叔父にしては進歩したというべきだろう。その努力を否定しては、また面倒なことになる――。

それにあいにく、汐月家住み込みの家政婦である花観《はなみ》さんは先日から肺炎で入院中だし、梓馬はその花観さんの見舞いに行って留守だ。この面倒な叔父がへそを曲げて居すわりでもしたら、三輪ひとりでは手に負えない。適当な額を払って、さっさとお引き取り願ったほうがいい。

（この人に金を渡したって知ったら、梓馬は怒るだろうけど——）

梓馬はこのアルコール依存症の叔父を心底嫌っているし、京に至っては真っ当な人間だと思っているかどうかも怪しいようなクズ扱いだ。だが三輪は兄弟に比べればいくらか叔父に同情的だった。なぜなら叔父がこうなったのは、汐月家に伝わるある秘密が原因だと、察しているからだ。

（……汐月は姦淫《かんいん》の罪を背負った家だ）

謎の画家・早坂逸水の伝記を執筆するため、生家の歴史を調べてみて、三輪は改めてそう思わざるを得なかった。その苦い思いを嚙みしめながら、紙幣《しへい》の入った封筒を手にリビングへ戻る。

「志摩叔父さ……」

そして戻った瞬間、横合いからそれを取り上げられた。驚いて目を凝らせば、そこにいたのは義弟だった。

「うわ、びっくりした……お、お帰り梓馬」

「ただいま、三輪」

取り上げた紙幣入りの封筒をかざしながら、梓馬が言う。

「花観《はなみ》さん、元気そうだったよ。ちょっと風邪《かぜ》をこじらせたくらいで入院してしまって、申し訳ありません、って三輪にも伝えておいてくれ、だって」

ああ駄目だ。声が低い。怒っている。この義弟は怒る時は必ず前段階を置くのだ。そしてじっくりと怒りを高めておいてから、おもむろに怒鳴りつけてくる。

「そういうことだから、花観さんは心配いらないよ。身の回りのことも、摂子《せつこ》さんがちゃんと見ていてくれている……で、これはどういうこと？」

封筒をひらひらさせて、梓馬が問う。

「俺、叔父さんが来ても、家に上げちゃ駄目だよって言ったよね？　お金を渡すなんてもっと駄目だよって、言ったよね？」

「梓馬、あの、な」

「言ったよね？」

「……っ……」

梓馬の怒気《どき》に、三輪は首を竦《すく》めた。だが、「何でいつもそうなんだよ！　このお人よし！」と案の定怒鳴りつけられ、さすがにむかっと腹が立つ。

「梓馬、お前仮《かり》にも兄であるぼくに――」

「怒らないと、三輪はわからないだろ！　自分が少し犠牲《ぎせい》になって丸く収まるならそのほうがいい、って、すぐに考えちゃうんだから！」

ぐっ、と三輪は言葉に詰まる。確かに三輪はやや気が弱く、少し押しの強い相手には簡単に自分のプライドを削《けず》って譲歩《じょうほ》してしまうところがあり、経営者としても兄が去ったあとの家長としても頼りないことこの上ない。補佐をする梓馬が頭を痛めるのも当然だ。

「ごめん――……」

項垂れる三輪の頬《ほお》を、梓馬はやさしく撫でた。

「いや、俺こそごめん。怒鳴ったりして。俺は三輪に、自分の身を削ったりして欲しくないだけだから――わかるよね？」

「……うん……」

三輪が頷《うなず》くと、梓馬は腕を回して抱きしめてくれた。怒鳴りつけたことを謝罪するように、ぴったりと体を擦りつけ、ぬくもりを伝えてくる――。

「そういうわけだから、叔父さん。そのゴミを持ってさっさとお引き取りいただきましょうか」

今まで無視していた志摩叔父を振り向き、梓馬は冷たい声で告げた。いざという時の態度の冷酷さは兄の京が一番だが、梓馬も三輪のことが絡んだ時に限っては、氷塊のように冷たくなる。

「な、なん……ゴミだと！　お、俺の、この俺の、渾身《こんしん》の芸術を――……！」

志摩が喚く。それに対して、

「ゴミで悪けりゃクズと言おうか？」

三輪を腕に抱いたままの梓馬は、まったくの喧嘩腰だ。

「三輪がはっきり言えないなら、代わりに俺が言ってやるよ。あんたの絵なんかに一文の価値もない。そんなことは、あんた自身が一番よくわかっているはずだろ、志摩叔父さん」

「梓馬、あんまり言うな――」

あまりに辛辣《しんらつ》な言葉に、思わず制止した三輪を、梓馬は無視した。

「あんたには絵を描くってことに愛情がない。――自分は芸術家だ。と、虚《むな》しいプライドを保ちながら自堕落《じだらく》に生きる口実にしているだけだ。あんた自身、自分の絵に値打ちがあると思っているわけじゃない。そんな適当に描いたいやらしい絵に、誰が金を払う？」

三輪は息を呑んだ。梓馬お前、と義弟の顔を見上げる。

――描くことへの愛情のない絵……。

その通りだった。それこそが、三輪が長年叔父の絵に感じていたもどかしさの正体だった。それを梓馬は、ずばりと言い当てた。

家を飛び出して長く海外で暮らしていたことがあるこの義弟は破天荒で、頭脳派というよりは行動派だが、奥に秘めた素顔は思慮深く、聡明で頭も切れる。

そんな一面を改めて見せられて、三輪は胸が切《せつ》なく騒ぐのを堪えられなかった。

（昔は、あんなに小さくてひ弱かったのに……）

愛している――と強く感じ、抱き寄せる力に大切に愛されていることを感じて、泣きたいような気持ちになる。こういうのを、惚《ほ》れ直す、というのかもしれない……と思った時、目の前で仁王《におう》立ちしていた志摩叔父が、突然、くるりと背を向けた。

「……叔父さん……？」

てっきり罵声《ばせい》のひとつも投げつけてくるかと思ったのに、あまりに図星《ずぼし》を指されて言葉を失ったのだろうか――と見送った背は、まっすぐにキッチンに向かう。

「志摩叔父さん……！」

後を追った三輪がキッチンに飛び込んだ時、叔父はストッカーの下段を開け、そこにあった花観さん秘蔵の料理用酒を呷《あお》っていた。三輪たちでさえそこにそんなものがあると知らなかったのに、いったいどうやって嗅ぎつけたのか。依存症患者の酒に対する執着を見せつけられて、三輪は啞然《あぜん》とするばかりだ。

「ぶへっ」

三輪がぼんやりと見ている間に、志摩は料理酒を瓶《びん》一本、飲み干してしまった。そしてその瓶を手にぶら下げたまま、三輪と梓馬、ふたりの甥っ子を酔眼《すいがん》で睨《にら》みつける。

「ふん、どうせ俺は汐月家のクズさ！」

「……」

「だ、だがな、そういうお前らはどうなんだ！　お前らだって、お前らだってひと皮むけば、この俺と同じ淫売屋の血が……汐月の血が――！」

「叔父さん！」

ぐらりと傾いた酔漢《すいかん》の体が、でえん、と倒れ込む。

呆《あき》れたことに、昏倒《こんとう》した志摩は、そのままそこで大いびきをかき始めた。三輪の横で、ひとつ肩を竦めた梓馬が、ソファの脇から昼寝用のブランケットを持ってきて、ぞんざいな手つきで広げてかける。

「このまま寝かせとこう」

「ソファに運んであげないの？」

「そんな親切、する必要ある？」

「……」

「ほら三輪、こっち来て」

リビングに引き入れられ、ぱたんとキッチンとの間の扉が閉ざされるや、三輪は義弟の胸と腕の中に抱き込まれた。

「あ……」

梓馬、と囁こうとした唇を覆われる。

あたたかさを分け合うような口づけを、しばらくふたりは堪能《たんのう》した。

「……さっきの言葉、気にしてないよね？」

抱きしめられ、ゆるくダンスを踊るように揺すられながら囁かれて、三輪はその心地良さに、ため息をつきながら目を閉じた。

「言葉って、淫売屋の血っていう、あれかい？」

「うん」

梓馬にしては気弱な、窺《うかが》うような声だ。三輪は思わず噴《ふ》き出して笑い、「人丈夫だよ」と義弟の胸板をぽんぽんと叩いた。

「こう見えてもね、本当のことを指摘されたからって、いちいち傷つくほど繊細《せんさい》じゃない。それに、ぼくが意外にわがままでふてぶてしいのは、お前と京兄さんが一番わかっているだろう？」

——ふたりとも愛してるッ……！

実兄と、義弟。ふたりの男をふたりとも欲したあの日の叫びが、三輪と梓馬の耳に同時によみがえる。

今はロンドンにいる兄の京の、執着と嗜虐《しぎゃく》に塗れた情事を、どうしても手放したくなかった。同時に、自分を一心に慕《した》う義弟の梓馬の、ひたむきな愛がどうしても必要だった。どちらかを諦《あきら》めなければどちらをも苦しめるとわかっていたのに、そんな選択はとてもできなかった。

自分は、生まれながらに淫蕩で貪欲《どんよく》なのだ。そう腹を括るまでには、とてつもない葛藤《かっとう》があったけれど――。

「三輪――……」

「いやごめん、嫌味たらしいことを言っちゃったね」

梓馬が表情の選択に困っている。それを見て、三輪は自分の言動を反省した。

「ぼくは叔父さんと違って、汐月家の過去を突き放して冷静に見ているし――この体の中にある血も、しっかり受け止めて生きているつもりだ。お前だって、そのことはわかっているだろう？」

「うん……」

「ただね、ぼくは志摩叔父さんが少し可哀想なんだ。あの人は、本当はぼくなんかよりずっと常識的で純情で、人として真っ当なんだよ。なのにこの家の過去を知ったがために、歪んでしまって――……」

三輪は義弟の肩に額《ひたい》を押しつけ、再び目を閉じた。汐月家の過去。それは陰惨かつ淫蕩な、今も三輪たちの運命を狂わせ続ける因果《いんが》なものだった。

＊　＊

――三輪たち兄弟の高祖父に当たる弥一は、大正末期から昭和初期にかけてこの国を襲った未曾有《みぞう》の大不況時代を生きた人だ。第一次世界大戦で生まれた成金のひとりで、画廊の経営以外にも不動産事業などに手を出し、ひところは大層な羽振りの良さだったらしい。

しかし一九二〇年の戦後恐慌や一九二九年の世界恐慌を経て、世情は荒れ、汐月画廊も破産の危機に直面した。そして弥一が画廊を生き残らせるために始めたのが、画廊の顧客だった上流階級の者たちの慰《なぐさ》み者として、庇護《ひご》していた若い芸術家の体を提供する裏稼業だった。

元々この時代、芸術家の卵が金満家のパトロンを持つことは、特に珍しいことではなかった。成り上がるために金持ちから金持ちに渡り歩く者、経済的庇護を目当てに、金満家の妻や娘に手を出して愛人に収まる者、魑魅魍魎《ちみもうりょう》、色々だった。

だから弥一も最初は、自分がそう悪辣《あくらつ》なことをしているという意識はなかったのかもしれない。ただちょっと、他人がやっていることを大きく組織的にしただけだ、という意識だったのかもしれない。だが後ろ暗い秘密を共有する者の集団化は、人の欲望を加速させ、良心を磨滅させ、箍《たが》を外させる。人間とはかほどに弱く、愚《おろ》かなものだ。狂った環境に身を置けば、誰もがたやすくおかしくなってしまう。

そうして、人里離れた山荘で、絵画の販売会を隠れ蓑《みの》にして行われる闇の売春事業は、次第に過激化した。客の要望に応えて拘束具や鞭《むち》打ち台などの責め具が持ち込まれるようになり、公認の遊郭《ゆうかく》などではできない危険な遊びができると、上流階級の好事家《こうずか》の間で評判になった。拷問《ごうもん》も同然の陰惨な陵虐《りょうぎゃく》行為が行われるようになり、荒《すさ》んだ雰囲気が山荘を支配した。

ほどなくして死人が出た。三輪が当時のわずかな情報を掻き集めて調べたところでは、死んだのは、若くして亡くなった弥一の妻の弟——つまり義弟に当たる、和泉という青年だったようだ。

（この人は——京兄さんが持っていたあの写真に写っていた人だ……）

三輪はセピア色の写真の中の、どこか自分に似た面影を見て衝撃を受けつつ、想像を巡らせた。一世紀近い時間が経過した今、真相は闇の中だ。だが、おそらくは彼も弥一の命令で客の相手をさせられ、その結果、陵虐——今で言うＳＭ行為——を受け、それが行きすぎて死に至ったのではないか、と。

弥一はこの一件をもみ消し、警察沙汰にはならなかったらしいが、内々に査察が入り——当時は華族たちの不逞《ふてい》行為を取り締まる風紀委員会のようなものがあったらしい——秘密倶楽部は解散に追い込まれた。しかしそれによって築かれた弥一の財産は（おそらく口封じ的な取引によって）没収されることはなく、汐月画廊は昭和前期の多難な時期を生き残ることができた——。

だが汐月家の淫靡《いんび》な歴史はこれで終わらなかった。時が流れ、三輪たち兄弟の父と叔父の時代になって、売春事業当時の「商品カタログ」——例の、弥一の写真が表紙に使われていた——が発見された。それは当時、敏感で繊細な思春期の少年だった志摩叔父の心を傷つけ、歪めてしまうほど陰惨なものだったらしい。

——なぁにが名門画廊だ。俺たちゃただの淫売屋だ。淫売屋の子孫だ……。

以前志摩は、酒の勢いでそう嘆《なげ》いていたことがある。生家を文化の薫り高い良家だと信じ愛していた若き日の繊細な叔父にとって、汐月家の裏の顔を知ることは、衝撃が大きすぎたのだろう。

件《くだん》のカタログは、志摩叔父から見て兄に当たる三兄弟の父が生前、年頃になってきた息子たちの目に触れることがないよう、処分したそうで、現存しない。おそらく父は、弟の荒れようを見て、同じことが息子たちにも起こることを怖れたのだろう。だがカタログに掲載されていた写真の原本を、今度は三輪の兄・京が、別のところから発見したことが、新たなる波紋を広げた。

遠い昔の弥一の後ろ暗い裏稼業は、結果として現代にまで触手を伸ばし、志摩叔父を歪め、三輪たち兄弟を禁断の関係に突き落とした。因果は巡る小車や――だ。

だが、しかし――と、三輪は昏《くら》い笑みを浮かべる。

（だけどぼくは、京兄さんや梓馬との関係を、自ら選択した――）

兄の京には、最初は意思に反して関係を強要された。だが今の関係は、強いられたものではない。血統や因縁《いんねん》のせいでもない。三輪は自らの体の中にある血の呼び声に、自らの意思で応えたのだ。

叔父が嫌悪し、呪ってやまぬ汐月の淫蕩の血を、三輪は受け入れた。今は兄とは離ればなれだが、遠いロンドンからでも、電話やメールを通して愛情は伝わってくるし、そばにいる梓馬もまた、そのたくましさとしたたかさで、目を病んだ自分をしっかりとサポートしてくれている。それは背徳的ではあるけれども、愛されている温かさと自信に満ちた、とても幸せな日々だ――。

「理性の抑止も、禁忌への畏《おそ》れもない。今のぼくこそが、志摩叔父が呪ってやまない汐月の血、そのものなんだ」

画廊の経営者であり、大正以来の老舗《しにせ》商家・汐月家の本家の人間であり、表の顔である自分こそが、この叔父を、世間を欺《あざむ》いて、淫蕩な裏の顔を持っている。何も知らない可哀想な叔父には、負い目のひとつも感じないわけにはいかないではないか——……。

「だからお金を渡そうとしたの？　叔父さんに悪いことをしているから？　陰でこっそり、叔父さんを裏切るようなことをしているから？」

「——ああ、そうだ」

叔父はただ、少しばかり心が弱かっただけで、凶悪なわけでも狂っているわけでもない。それを言うなら、実兄や義弟と体を重ねている自分のほうが、よほど性質《たち》の悪い獣《けだもの》だ。そう告げると、梓馬は三輪を抱きすくめる腕の力を強くした。

「三輪——それなら、俺だってそうだ」

「梓馬」

「俺だって、今は三輪一途《いちず》だけど、生まれつき男も女もいける節操《せっそう》なしだし……京なんか、正直言って狂人だと思うぜ？　だから、自分ひとりでそういうの、背負い込むのやめろよ。な？」

「ん……」

罪を背負うなら、三人で共に。そう告げられて、三輪は幸福な気持ちで頷く。そして白ら爪先立ち、義弟に口づけようとした、その時――。

かちゃん、とキッチンから外に出るドア、いわゆる勝手口が開く音がした。そして、ぶるん、と車のエンジンがかかる音――。

三輪と梓馬は、はっと気づいて体を離した。「いけない」と三輪が急《せ》き込む。

「叔父さん、運転して帰る気だ……！」

「ええ？」

梓馬も顔色を変える。ついさっきアルコールを瓶一本空けた人間が直後に運転など、犯罪以外の何ものでもない。

もし酩酊《めいてい》状態で事故を起こして人を轢《ひ》いたら、通常の交通事故よりずっと罪が重くなる。それだけではない。どこで酒を口にしたかが問われ、三輪たちが叔父に車を運転することを承知で酒を振る舞ったと疑われたら、それを晴らすのはとても困難だ。ただでさえ、京の無罪をかなり強引に――虚偽に虚偽を重ねて、勝ち取ったばかりだというのに――……！

「止めなきゃ！」

三輪の叫びに、梓馬が先に反応した。勝手口を飛び出し、「叔父さん！」と大声で怒鳴りながら、車の窓ガラスを叩いている。だがエンジンをふかす音は止まる気配がない。

三輪は正面玄関に走った。ドアから飛び出たのと、叔父の車が車庫から発進しようとするタイミングが、ちょうど同じだった。

ちりんちりん、と自転車のベルの音がする。

まだ新しい小さな自転車を誇らしげに漕《こ》いでやってきたのは、三軒隣に住んでいる男児だった。三輪の姿を見て、「お兄ちゃーん！」と満面の笑顔になる。叔父の車がぐらりと動くのを目の端に映《うつ》しながら、三輪は「危ない！」と叫び――……。

どん、と重い衝撃音。

「三輪ぁ――――っ！」

梓馬の絶叫……。

真新しい小さな自転車が、志摩の車の前輪に巻き込まれてひしゃげ、小さな補助輪をカラカラと回転させている。

「……み、三っちゃん…………！」

志摩が蒼白な顔でハンドルを握ったまま硬直している。梓馬は「くそっ」と呻き、志摩の車のボンネットを乱暴に踏み越えた。

ショックで火がついたように泣き叫ぶ男児は、三輪の腕にしっかりと庇《かば》われ、見たところ怪我はしていなかった。だが三輪は動かない。やがて路上に横たわる飴色《あめいろ》の髪の下から、アスファルトの上に、

じわり、と黒い血液が染み出した。

◇　◇

えーん、えーん……。

幼児《おさなご》の泣く声に、三輪はふわりと眠りから浮き上がり、そっと目を開いた。

(……義弟《おとうと》が泣いてる)

掛布団《かけぶとん》をめくり、そろりと起き上がる。まだ真冬という季節ではないが、それでもパジャマ一枚の体には、周囲から寒さが押し寄せてきた。

この時、汐月三兄弟の次男は小学六年生。まだまだ体に比してベッドがはるかに広い年頃だった。

時刻はとうに真夜中だ。同じ部屋の隣のベッドでは、二歳年長で中学生の兄が、起きている時とあまり変わらない、大人びたしかめっ面《つら》で眠っている。

よかった、もしこの兄が起きていたら、また怒られるところだった。「お前が構いすぎるからいつまでも甘えるんだ。少しは突き放してひとりで過ごさせろ」と。

わかっている、とカーディガンを羽織《はお》りながら三輪は思った。兄は正しい。梓馬が異常なほどお兄ちゃん子になってしまったのは、一にも二にも三輪が義弟を不憫《ふびん》がって甘やかしてきたからだ。それはわかっているのだが、やはりこうしてひどく悲しげな声で泣かれると、兄のように冷徹に突き放すことは、どうしてもできない。

「……梓馬」

家じゅうをそろそろと歩き、泣き声を頼りに捜《さが》し出した義弟は、何とこの真夜中に庭の飛び石の上にいた。もう冬が始まろうという季節なのに、薄いパジャマの上下姿で、石の上に裸足で立ち、顔色が蒼褪《あおざ》めるほど凍《こご》えている。

「梓馬！」

三輪は驚き、慌てて縁側から庭に駆け降りた。

「馬鹿、何てことしてるんだ！」

駆け寄りながら、とにかくすぐに温めてやりたくて、ぎゅっと抱きしめる。梓馬はぴたりと泣くのを止め、「みーちゃん」と嬉《うれ》しげに両腕で縋《すが》りついてきた。思った通りになった、と言わんばかりの得意顔で。

「ほら、これ着て」

三輪は自分のカーディガンを脱ぎ、義弟の小さな体に着せかけ、背をさする。

「家の中に入ろう。風邪引いちゃうよ」

「やだ」

「やだって……」

「みーちゃんがしゅーがくりょこうに行くのやめるって言ってくれるまでここにいる」

ずびっ、と鼻を鳴らしながら、梓馬は悪い顔でにやりと笑った。

「……」

やっぱりそれか。

三輪はため息をついた。明日から始まる修学旅行に、半月ほど前から散々行っちゃ嫌だとグズっていたのを、花観さんが懸命に宥めてやっとの思いで納得させていたのに、前夜になってまた寂しがり屋がぶり返してしまったらしい。

「たった一泊じゃないか。お母さんも花観さんも、明日から特別に病院から帰ってきてくれるんだから——」

「やだやだ」

梓馬は飛び石の上でべたべたと地団駄《じだんだ》を踏みながら、ますます三輪の体に縋りついてくる。冷え切った体の冷たさが、三輪に伝わってきた。

「みーちゃんがいなきゃやだ。お母さんより花観さんよりみーちゃんがいい」

「梓馬……」

「みーちゃんがいいの！　みーちゃんが大好きなの！　みーちゃんといたいの！　ずっとずっと、一緒にいたいの！」

　聞いてくれなければてこでも動かない、という勢いの梓馬を、三輪はさすがにどうしていいかわからず、ただ抱きしめて立ち尽くす。

　……梓馬は、この時八歳だっただろうか。汐月家に引き取られてきておよそ三年。やってきた当初の、周りの人間を誰も信用せず、野良猫のように毛を逆立て、差し伸べられる手すべてに爪を立てて引っ掻くような警戒心は、成長するにつれてなくなっていたが、その代わり、こうして理不尽《りふじん》な駄々をこねては、それを聞き入れてもらえるか否《いな》かで周囲の愛情を試すようになってしまった。三輪は花観さん共々、毎日振り回されっぱなしだ。

「とにかく、お布団に入ろうよ、梓馬」

　三輪は自分も寒さに震えながら、義弟を抱きしめ、その肩を撫でさすった。

「ぼくが一緒に寝てやるから。お布団に入って、温まろう。ね？」

「やだ、やだよ」

　梓馬は裸足のまま、音を立てて飛び石の上で跳ねる。

「行かないって約束して。明日も明後日も、ずーっと、おれといるって言ってよ！」

＊　＊

　幼い子が泣きじゃくる声に、不意に救急車のサイレンが重なる。

光景が暗転した。ガチャン、ガーッ……と、体が揺れる感触と共に、台車の疾走《しっそう》する音。おそらくストレッチャーだ。

「先生！　先生、お願いです！」

梓馬が追いすがりながら泣きじゃくる声。

「三輪を助けてください、血が足りないなら、俺のを使ってください！　俺、血液型三輪と同じですから！　いくらでも使ってください！　あと皮膚《ひふ》とか、内臓とか、いるもの全部俺から取っていいですから！」

「弟さん、落ち着いてください」

看護師らしき女性の声がした。

「大丈夫ですよ。今の手術は極力輸血をしないで済むようになってきていますし、患者さんの流された血を回収してまた体内に戻す方法もありますから」

「でも、でもあんなに血が……！　血が、たくさん地面に流れてて――ッ……！　絶対、そんなのじゃ足りなくなる……！」

「とにかく、ここでお待ちください。全力を尽くします」

「三輪、三輪……ッ、三輪ぁッ……！」

お願いだ、死なないでくれッ――！

梓馬の泣き声が遠ざかる。三輪ひとりが処置室に入れられ、梓馬は室外に押し止められたらしい。

うぃーん、と自動ドアの閉じる音がして、梓馬の気配がその向こうに隔《へだ》てられた。

＊　＊

――梓馬、梓馬……。

ぼくの可哀想な梓馬。小さな梓馬。甘えん坊の梓馬……。

あの修学旅行の前夜は本気で困ったけれど、本当はね、ぼくも、お前に甘えられ、縋られるのが嫌ではなかったんだ。京兄さんがいつもいい顔をしなかったのも、たぶんぼくのそんな気持ちに気づいていたからだろう。

お前はぼくのものだった。お前の愛に飢《う》えた心を満たせるのはぼくだけで、お前の体を風呂で洗い、大きくなれるようにごはんを食べさせてやれるのもぼくだけだった。

そうして、お前の心も体もぼくが独占しているという感触に、ぼくは本当は、心から満たされていたんだ――。

ごめんよ、梓馬。

あの時は戸惑《とまど》ってしまったけれど、今、心からお前を抱きしめるよ。

お前を泣かせてごめん。お前をそんなふうに、混乱させて、ごめん。

心から愛しているよ――……。

えーん、えーん……。

遠くからこだまのように泣き声が響く中、ふっ……と額の上に伸し掛かるように、昏いものが降りてくる。

聞き覚えのない男の、事務的な声がそばで忙しげに話している。

「――脳に損傷はない。だが頭蓋《ずがい》内に出血が流れ込んで血腫《けっしゅ》になりかけている。排出処置をして、あとは脳が腫《は》れないか経過観察をしなくては……」

＊　＊

次に三輪は、朦朧《もうろう》とした暗闇の中に揺蕩《たゆた》いながら、夜の病院の、静かな階段をすごい勢いで駆け昇ってくる足音を聞いた。

その足音に、廊下に置かれたベンチに座り込んでいた梓馬が、はっと顔を上げる。

現れたのは――……。

「……京」

はっ、はっ、と肩で息をしながら梓馬の目の前に立ち尽くしているのは、ロンドンにいるはずの京だった。常に隙《すき》のない紳士の装いを決めているはずの兄が、髪は乱れ、唇には色がなく、コートは着崩れて……というひどい姿だ。おそらくほとんど着の身着のままで飛行機に飛び乗ったのだろう。目の下の隈《くま》は、直行フライトの間じゅう、懊悩《おうのう》するばかりで少しも眠れなかったことを物語っている。

京兄さん、とその場にいないはずの三輪の意識が微笑《ほほえ》みかけるより早く、京は言った。

「三輪は？」

長兄の第一声に、梓馬はむっつりと顎を振って、目の前の集中治療室（ＩＣＵ）を指し示した。

「中だ」

すると京は、ＩＣＵの自動ドアを一瞬睨みつけ、急くように振り向いて、梓馬に非難を浴びせた。

「お前……どうしてこんなところにいる。なぜ中で付き添っていてやらない」

梓馬は不機嫌に反論する。

「これから一般病棟《びょうとう》に移動するからって、ついさっき追い出されたんだよ」

「一般病棟？　じゃあ容態は落ち着いているのか？」

「脳それ自体に損傷はないからって……でもまだ意識も戻っていないのに、昨日頭を開けたばかりの患者を一般病棟だなんて――」

不満げに零す義弟を、京はふぅとひとつ息をついてから諭《さと》した。

「患者は次々にやってくるんだ。とりあえずの処置の済んだ患者に、いつまでもＩＣＵのベッドを使わせておくわけにはいかないんだろう」

「そうだけど……！」

あんた、こんな時によくそんな冷静でいられるな。

そう言いかけた梓馬は、京の白い顔を見て言葉を呑み込んだ。そして腰かけた姿勢のまま、膝に肘を突いて項垂れる。

やがて顔を覆った手の間から絞り出すように、泣きだす寸前の声が漏れた。

「俺のせいだ……」

「梓馬」

「志摩叔父のことだから、あのまま何時間かは目を覚まさないだろうってたかをくくって、目を離したのがいけなかったんだ……まさかすぐに目を覚まして、車を運転しようとするなんて――……」

「言うな」

「俺がもっとしっかりしていたら……体を張ってでも叔父の車を止められていたら、三輪は……！」

「言うなと言っている！」

苛々《いらいら》と吐き捨てて、京は煙草《たばこ》を咥《くわ》えた。無論、病院内は禁煙だから火はつけないが、何かせずにはいられない心境だったのだろう。

「これ以上下らん愚痴《ぐち》を聞かせたら……殴るくらいで済ませられる自信がないぞ――！」

それを聞いて、梓馬はびくりと反応し、顔を上げて京を見た。だがすぐにまた嘆きと自己嫌悪に陥《おちい》るように、項垂れて顔を覆ってしまう。

――俺のせいだ。どうしよう、どうしよう……。

カタカタと震えながら、心の中でひたすらそれを繰り返している梓馬に、京は嫌味なほどきちんと折り目のついたハンカチを、打ち捨てるような手つきで投げつけた。そのみっともない顔を拭け、という意味だろう。

（……兄さん、梓馬……）

体を離れて彷徨《ほうこう》している三輪の意識は、兄弟たちをその両腕に抱きしめる。

（大丈夫、ぼくはどこにも行かないよ）

あの時はまだ子供で、行かないなんて約束はできなかったけれども――。

＊　＊

――八歳の、裸足の梓馬をだっこして庭から上がってきた三輪の前に、その時すでに私立の名門中学に上がっていた京が立ちはだかった。三輪は梓馬を抱いたまま、ぎくんと立ち竦んでしまう。

「に、兄さ……」

「三輪、いい加減にしろ」

成長期に差しかかっていた京は、まだ小学生の三輪の目には、半《なか》ば成熟した大人の男のように見えた。腕を組んだ姿勢から睥睨《へいげい》されると、父親よりも迫力がある。

「お前が甘やかすから、そいつはますます図に乗るんだ」

そいつ、というのは三輪が抱きかかえている梓馬のことだ。五歳の頃は発育不良だった幼児も、八歳にもなればそれなりに体も大きく、体重もそこそこあるので、まだ小学生の三輪の腕にはあまるのだが、それでも三輪の懸命の努力で、長時間裸足で石の上に立ち尽くしていた足裏は空に浮いている。

梓馬はキッと長兄を睨むと、これ見よがしに三輪の首にしがみついてきた。どんなに叱られても、意地でも離すもんか、という構えだ。

京はそれを見て、ふん、と鼻で嗤《わら》う。

「そいつも、本気でたった一泊の旅行に行って欲しくないなんて思っているわけじゃない。ただ甘えたいだけなんだ。あまりわがままに付き合うな。さっさとそいつを布団に放り込んで、三輪は自分のベッドに戻れ」

「やだっ」

子供っぽい高い声で喚いたのは、三輪の首にしがみついたままの梓馬だ。絞め殺す気かという勢いで腕に力を込めながら、「やだもん、わがままじゃないもん！　おれ、みーちゃんがいないとほんとにさみしくて死んじゃうもん！」などと泣き喚いている。

ぎゅうぎゅうと首を絞められて、うぐ、と苦しみながら、三輪は「兄さん」と答えた。

「今夜は、梓馬と寝るよ」

「三輪」

「だって放っておけないよ。まさか本当に修学旅行を休むわけにいかないし、だったら今夜はなるべくやさしくしてあげなきゃ……」

本当は「今のうちにご機嫌を取っておかないと、花観さんやお母さんが苦労するから……」と言いたかった三輪だが、それは梓馬には聞かせられない。すでに赤ん坊ではない義弟をよろよろと苦労して抱きかかえながら、怖い顔で立ち尽くしている兄の脇をすり抜ける。

梓馬の部屋は、花観さんの部屋の続きの和室になっている。そのほうが何かと手のかかる幼児の面倒を見るのに便利だったからだが、彼女が疲れ切って眠り込んでいる夜などは、三輪はよく自分の枕を抱えてこの部屋に泊まりに来た。そして梓馬と同じ布団にくるまって眠るのだ。夜よく眠れずに、家じゅうを徘徊《はいかい》する癖があった頃も、そうしてやると朝まですやすやと眠った。

水で濡らしてから絞ってレンジで温めたタオルで足の裏を拭《ぬぐ》ってやり、一緒に布団に入ると、梓馬は「えへへ」と笑って三輪の顎の下あたりに額を突っ込んできた。そうしてぴったりとくっついて、「みーちゃん、大好き」と告白する。三輪の足の間に差し込まれてきた小さな足は、温めてやったつもりだったのに、まだひゃっと声が出るほど冷えていた。

小さな子供のぬくもりと匂い――。

可愛《かわい》いなぁ、と三輪は思わずにいられなかった。京の言う通り、三輪の気を惹《ひ》くためにあざとい演技をしているのだとしても、やはり三輪にとって梓馬は可愛い弟だ。これほど慕われて、悪い気がするはずもない。

「梓馬、明日の夜だけ我慢してね……おみやげ、買ってくるから」

三輪が約束すると、「うん」と頷く。

「泣いたり遅くまで寝なかったりしたりして、花観さんを困らせるんじゃないぞ」

「うん」

「帰ってきたら、またごはん半分こしような」

「うん」

「おにぎり持って、川べり公園に行こうな」

「うん」

「また、こうして一緒に寝ような」

「うん！」

それから、あれも、これも……と約束を積み重ねるうち、三輪はとろとろと眠ってしまった。

梓馬はそれからも少し起きていて、顎の下の位置から三輪の顔を見上げては、えへへ、と悦《えつ》に入《い》った笑みを漏らしていたようだけれども――……。

＊　＊

がくん、と衝撃が走った。

ウィーン、と軽い機械音がしたのは、ＩＣＵのドアが開く音だろう。

「三輪！」

動くストレッチャーに取りすがってきたのは、梓馬だ。看護師たちに制止されながら、「三輪、三輪っ」と幾度も呼びかけ、ぎゅっと手を握りしめてくる。

「彼の兄です。どんな容態なんですか」

やはり足早についてくる硬い声は、京だ。それに女性の声が答える。

「今まで、薬剤投与で意識が戻るのを防ぎながら、脳に腫れが出ないか観察していました。しっかり自発呼吸もされていますし、主治医がその怖れはないと判断しましたので、これから一般病棟で安静にしていただき、薬効が切れるのを待ちます」

「意識が戻るんですね？」

「経過を観察します」

「何か障害が残る可能性は？」

「……経過を観察します」

つまり目が覚めてみなくては、どんな状態になっているかはわからない、ということだ。京はそれ以上問い質《ただ》しても甲斐はないと思ったのだろう。言葉を呑み込み、やがて呟いた。

「何でもいい……どうなっていてもいい。三輪が生きていてくれるのなら、何でも――」

祈るような兄の声。声を呑んで泣いている梓馬の気配――。

ストレッチャーが静かに廊下を曲がっていく感触が、横たわる三輪の体に伝わってきた。

＊　＊

……三輪は昔から、よく自分の食べ物を半分、梓馬にわけてやった。

たとえば、みかんをひとつ手に取って皮をむく。そしてテーブルの上に別のみかんがどんなに沢山あっても、自分の分を半分に割って、梓馬に「はい」と差し出すのだ。

——はい、梓馬に半分、あげる。

すると梓馬は、にこにこと笑ってそれを口にする。満面の幸せそうな笑みで、「みーちゃん、おいしい」と言われれば、別にこんな食べ方をしなくても味は一緒だろうにな……と思いつつも、三輪は嬉しかった。

手で割れないりんごや柿などは、三輪が包丁を持ち出して、危なっかしい手つきで半分に切ってやる。三輪があまり器用でないことを知っている梓馬は、いつもそれを、はらはらしつつ見つめていた。

なぜそんなことになったかと言えば、汐月の家に来たばかりの頃、実親にまともに養育されていなかった梓馬は、きちんとした食習慣が身についておらず、ポテトチップスなどの揚げ菓子やチョコレートばかり食べたがり、花観さんが用意する三度の食事を頑《がん》として摂《と》らなかったからだ。

だが不思議と、三輪にわけてもらったものだけは何でも口にした。果物だけではなく、一膳《いちぜん》のごはんも一皿のおかずも、一杯のジュースも、おやつのケーキもどらやきもお饅頭《まんじゅう》も、何でもそうだった。

ショートケーキの上の苺《いちご》一個まで、「みーちゃんの、半分ほしい」とねだってわけてもらった。

　そうこうするうち、花観さんも梓馬にきちんと食事をさせるためには、三輪に任せたほうが手っ取り早いと気づいたのだろう。三輪の皿に梓馬の分も盛りつけ、三輪の手で梓馬の分をわけさせるようになった。ごはんなどもひとつの茶碗《ちゃわん》に盛ったものを、三輪が改めて梓馬の茶碗にお箸《はし》で半分わけてやる。おかわりをする時も、一度三輪の茶碗に盛り、三輪の手でわけてもらわなくては、梓馬は承知しない。結局は半膳分を二度、合計一膳分を食べるのだから、それ自体はまったく無駄な手間で、ごっこ遊びでしかない。京には怖い顔で睨まれながら「食べ物で遊ぶな」と言われたが、結果的にこうするほうが、偏食の激しい梓馬に「ちゃんと食べろ」と強制するより、花観さんや三輪の手間が少なくて済んだのだ。

　――みーちゃん、みーちゃんの半分ちょうだい。おれの半分あげるから。

　――みーちゃん、これ半分ごっこして。

　どちらが言い出したかはもう忘れたが、三輪と梓馬はそれを「半分ごっこ」と呼んでいた。京に冷たい目で見られ、ため息をつかれつつ、ふたりはそれを梓馬が小学校を卒業する頃まで続けた――。

＊　＊

　ノックの音がする。正式の作法通りに、きちんと四回。

「まあ、社長……ではなく、京さま――！」

女の声だ。凛《りん》として強く、独特の張りと深みがある、女優のように鍛《きた》えられた声。「摂子さん」と呟いたのは、誰の声だろうか――。

「もう到着されたのですか――……？」

「ああ」

憔悴《しょうすい》した声が無感動に答える。女はそれに頷いた気配で、改めて別のほうに声を向けた。

「梓馬さま、恐れ入りますが今少しよろしいでしょうか――？」

「何？　摂子さん」

……梓馬？

いや、違う。声が違う――……。梓馬はまだ、こんな大人の声にはなっていない。半分ごっこをねだりながら、ぼくを「みーちゃん」と呼ぶ声は、もっと幼くて――。

「実は明日、三輪さまには銀行に行かれる予定がございまして――……」

「あ……例の、融資の件？」

「左様《さよう》です」

どういたしましょう――と、判断を待つような沈黙が降りる。

ぽとんぽとん、と点滴《てんてき》の落ちるかすかな音――。

「お前が行くしかないぞ、梓馬」

冷たい声。

「社長が倒れたことを知ったら、十中八九、銀行は融資話を引っ込めてしまう。それでなくともあの事件の始末で経営を縮小したばかりなんだ。お前が三輪の代理として――」

「できるかよ！」

鋭い声。

「三輪が――三輪がこんな時に、融資の話なんか……！」

「甘えるな、梓馬！」

びりっと空気が揺れるような一喝《いっかつ》。

「お前は汐月画廊の専務として、三輪を補佐する身だろう！　三輪がこんな時だからこそ、お前が頼りにならなくてどうする！」

「うるせえ！　何が専務だ、汐月画廊だ！　そんなもんのために、三輪のそばから離れられるかよ！」

駄々っ子のように、泣きだしそうな声だった。まだ学校に上がる前の幼児のような――……。

――ああ、梓馬。

大丈夫、大丈夫だよ。ぼくはここにいる。お前を置いて、いなくなったりしない。

――大丈夫、ぼくの可愛い、小さな弟。

――ぼくはずっとずっと、お前のやさしい「みーちゃん」でいてあげるから……。

「ん……」

声は鼻から漏れた。口を開こうとすると、乾いた唇の皮が引きつり、ぴりっと痛みが走る。

「三輪？」

傍らに駆け寄る気配と、手を握られる感触――。

「三輪っ」

反対側に寄りつく声には、聞き覚えがあった。そうだ、この少し掠れた、あまり抑揚のない大人の声は――……。

「京……にい、さ……」

「三輪っ……！」

しっかりと、左手を握りしめられるのを感じた。それと競うように、右手を包み込んで振り回さんばかりにする力も。

「三輪、気分はどうだ？　わたしがわかるか？」

「……」

「三輪、俺を見て！　俺がわかる？」

呼びかけに、やっとの思いで重い首を巡らせ、視線を彷徨《さまよ》わせる。

そして三輪は、思わず目を瞠った。

そんな。どうして――……。

「三輪？　どうしたの？　俺の顔、よく見えない？　照明、もっと明るくしようか――？」

右手の側から身を乗り出してくる青年の顔を、まじまじと凝視《ぎょうし》する。

「だ、れ……？」

「三輪……？」

ぴりっとした雷《かみなり》のような衝撃が、部屋中に走る。

「俺だよ、わからないの？　俺、梓馬だよ……！」

「……あず、ま……？」

三輪はしばらく考え込み、それから、首を左右に振った。

「うそだ――だって、梓馬は……」

「三輪？」

「……梓馬は、ぼくの弟は、まだ小学生だ――……こんな、大きくなっているはずがない……」

京と、見慣れない青年が凍りついたように息を呑む傍らで、スーツ姿の凜々《りり》しい女性が、冷静にナースコールを押した。

◇　◇

許スモノカ、許スモノカ――。

コノ家ノ子ガ呪ワレズ、罪ヲ負ワズニ、白ク清イママニ生キルコトナド、絶対ニ許スモノカーー……！

＊　＊

ピーッ、ピ、ピ、ピ、チュンチュン、キーキー……。

別荘への道は、新緑を広げた木々のトンネルのようだ。車内に風を入れるためにほんの少し開けた窓から、夥《おびただ》しい小鳥たちの鳴き交わす声が聞こえる。

そこは緑陰《りょくいん》濃い、美しい土地だった。しかし、人里からは不自然に離れすぎていた。いくら不便さも愉《たの》しみのうちの別荘地だとしても、辺鄙すぎやしないか、と後部座席の窓から外を見つつ三輪は思った。くねくねと曲がりくねる道は車一台分の幅しかなく、まるで最初から居住者以外の来訪を想定していないかのようだ。もちろん途上には、人家の一軒もない。

三輪はふと不安を覚えた。何となく、静養に行くのではなく、隔離施設へ連行されているように感じたからだ。

――ぼくはいったい、どんなところへ連れて行かれようとしているのだろう――？

「どうした、三輪」

隣席から声をかけてきたのは、兄の京だ。

「元気がないな、疲れたか？」

兄は微笑している。三輪は信じられない思いでその顔を見つめ、やがてふい、と目を逸らした。

あの兄がこんなふうにやさしく微笑みかけてくるなんて、嘘みたいだ。何だか、目を合わせられない——。

三輪にとって——今の三輪にとって——京はずっと、親愛の情を抱けない兄だった。勉強もスポーツも完璧な無敵の優等生で、三輪はそんな兄を尊敬してはいたが、兄は三輪に対しては何かと突き放すような態度を取り、三輪もまたそんな兄の刺々《とげとげ》しさを敬遠して、ふたりは兄弟としては、どちらかと言えばよそよそしい関係だった。京は三輪にとって、年の近い兄というよりは、もっと年長の——そう、厳《いか》めしい父のような人だった。

その兄が、「疲れたか？」だなんて——……。

（どうしてこんなに、やさしくしてくれるんだろう……？）

やさしい兄、など、三輪はこれまで想像したことすらなかった。自分が三ヶ月ほど前に交通事故に遭《あ》って脳に打撃を受け、その後遺症で思春期以降——具体的には中学一、二年頃かららしい——の記憶を失ったことは、すでに幾人もの人から言い聞かされて理解しているが、今の年齢になるまでに、いったい何があったのだろう。子供の頃あんなに辛辣で厳しく、冷たかった兄が、どうしてこんなに、甘いほどやさしく――……。

「ずっとあんたのしかめっ面の隣で、緊張したんだろうよ、京」

ハンドルを器用に操《あやつ》って曲がりくねった山道を難なくこなしながら皮肉を放ったのは、運転席にいる青年だ。やや癖のある艶《つや》やかな頭髪が、後部座席からも見える。ハンドルに伸びる長い腕とたくましい肩には、しなやかな筋肉がついていた。

これが、梓馬だという。

（……やっぱり、信じられない……）

三輪はめまいを起こしたように頭を振った。

三輪には京の変わりようよりも、あの甘えっ子の末弟が、すっかり成長し、自分よりも背丈の大きい大人の、しかも見るからに女性にもてそうな甘い顔貌《がんぼう》の美男子になっていたことのほうが衝撃的で、より信じ難かった。このハンサムな青年が、あのやせっぽちの梓馬だなんて……。

――嘘だ、この人が梓馬だなんて。ちっちゃい梓馬は、ぼくの弟はどこなの――？

そう言って、幾度も京や周囲の人々を責めた。梓馬本人が自分は梓馬だと何度告げても、決して受け入れなかった。

どうにかこうにか、それを「仮の事実」として認めたのは、梓馬を名乗る青年に、目の前でひどく泣かれたからだ。

――俺は梓馬だよ、三輪。五歳の時、弟になった梓馬だよ！　どうしてわからないんだよ、京はすぐにわかったのに、何で俺はわからないんだよ……！　そんなのって、そんなのってあるかよ……！

まだベッドから離れられない三輪の体にしがみつき、京に「いい加減にしろ！」と叱責《しっせき》されながら、えっ、えっ、とべそをかく様子が、記憶の中の梓馬と重なったことで、三輪は何とか――本当に何とか、ぎりぎりで、事実を呑み込むことができた。

おそらく、彼は本当に梓馬なのだろう。でもいまだに、朝が来るたび、混乱し、これは悪い夢ではないかと考えてしまう。あの可愛らしかった小さな梓馬が、もういないだなんて――。

梓馬は大人になり、自分もまた大人になり（もう二十九歳だそうだ）、しかもなぜか、あんなに非の打ちどころがなかった長兄の京を差し置いて家業の汐月画廊の社長になっていて、病身ながら社長だった父親はすでにこの世におらず、京は性格が激変し……。まるで見知らぬ異世界にひとり放り込まれたかのようだ。

「三輪、もしかして、車に酔ったか？」

隣席から、すっと手が伸びてきた。その手が顎の下に滑り込み、肌に触れて、自分のほうを向かせようとするのに、三輪は驚き、反射的に身を退いた。

シートとドアの間に背が当たり、どん、と音がする。

「どうしたっ？」

運転席から、慌てたような声。

「おい京、三輪に何をしやがった！」

「別に何もしていない！」

兄は反論しつつも、三輪の反応に本人以上に驚いたような表情で、こちらを見つめ返してくる。

――そしてふっとため息をつき、告げた。

「……顔色を見ようとしただけだ。すまない三輪。驚かせてしまったな」

「……」

本当に驚いた、と三輪は考える。

今のは、いったい何だったのだ。この兄に触られるなんて、初めてだ。しかも、あんなに親しげに
――。

（それに、な、何だか、変な感じだった……）

心臓が、どくんどくんと妙な動き方をする。

触れられたのが腕や肩なら、これほど過敏に反応することはなかっただろう。だが兄が触れようとしたのは、顎の下だ。あのままその手を許していたら、いわゆる恋人同士のような、その……何というか、鼻先で見つめ合うような――キスする寸前のような、そういう図になってしまったのではない

だろうか――……。

(ば、馬鹿、何を考えているんだ――……！)

三輪は慌ててその想像を脳裏《のうり》から打ち消し、自分の自意識過剰ぶりに嫌悪を覚えた。相手は実兄で――しかも、あの京だ。体の少し敏感な部分に触れられたからって、それだけで変な想像をするなんて――どうかしている……。

「可哀想に、三輪」

梓馬がいかにも哀れそうに言った。半分嘘泣きまで入った、凝った演技までつけて。

「ずっと京のしかめっ面の隣なんて、気づまりだろ。そりゃ気分も悪くなるよなぁ」

「お前の運転が下手だからだろう。もう少し揺らさないように走れないのか？」

「悪いねぇ、元々あんたの車だから、変な癖がついててさー」

「……」

何だろう、この応酬は、と三輪は呆気《あっけ》に取られた。これがあの、語彙《ごい》の八割が「みーちゃん」だった梓馬だろうか。その梓馬と、丁々発止《ちょうちょうはっし》のやり取りをしているのが、あのいつも不機嫌だった兄だろうか。

それに口喧嘩をしているようで、妙に仲がいい。息がぴったりだ。

このふたりは、こんなに馴れ馴れしい関係だっただろうか。いったい、ぼくが失ってしまったという記憶の中で、何が起こっていたんだ——と面食らっている三輪に、梓馬が大人っぽい声で告げる。

「三輪、すぐ着くから、もう少し我慢してね」

——氷輪荘へ。

その名称に、三輪はうなじのあたりの体毛がぴりりとそそけ立つような感覚を覚えた。

耳の奥によみがえったのは、なぜか、がちゃり……と鳴る鎖の音だ。

がちゃり、がちゃり……。

無論、そんな音に、三輪は憶《おぼ》えはない。

だがそれはまるで、三輪の体の中から響いてくるかのようだった。何かの呼び声のように、がちゃり、がちゃりと……。

ぞくり、と走る、悪寒《おかん》と慄き。

血の気が引いてゆく顔を、三輪は兄の目から逸らせるために窓の外を見た。


氷輪荘、という名の汐月家の別荘には、すでに前日、国崎《くにさき》摂子が到着していて、兄弟を迎える準備をあれこれと整えてくれていた。

「道中お疲れでございました。京さま、三輪さま、梓馬さま」

エプロン姿で玄関から出てきた彼女は、普段よりずっと化粧を薄くし、服装も地味で、スーツ姿の時とは別人かと思うほど印象が違う。元々は京が雇い入れた個人秘書で、有能そうな人だ——ということは今の三輪にもわかるが、秘書から家政婦役まで、何をさせても万事にそつがなさすぎて、何やら得体の知れない女性でもある。

「梓馬が荷ほどきをするから、三輪は夕食までゆっくり眠るといい」

京はそう言って、別荘への到着早々、三輪を二階にある広い部屋に導いた。梓馬が摂子と共に大荷物を車から降ろしつつ、「おいこら、お前も手伝え京！」と怒鳴るが、京は構わず、ぴったりと三輪に寄り添い肩を抱くようにエスコートして、階段を上らせたのだ。

自分だけずるいぞー、と喚く梓馬の声が、後ろから追ってくる。ずるいとはどういう意味だろう、と三輪は一瞬足を止めて考えようとしたが、京はそれをまったく無視し、階段を上りつめた先の、ひときわ重厚な木のドアを押し開けた。

ぎぃぃぃ……と、蝶番《ちょうつがい》の軋む音と共に目の前に現れたのは、二十世紀初頭風の瀟洒《しょうしゃ》な寝室だ。シンプルな絨毯《じゅうたん》を敷いた床、テラスに続く掃出《はきだ》し窓には、絨毯と同じ色調の厚いカーテン。そしてドアの正面に、清潔な白いシーツをぴっちりと敷き詰めた、天蓋《てんがい》つきの巨大なベッドが鎮座している。

「……」

三輪は思わず、それを凝視した。

シーツの真新しさとは対照的に、ベッド本体は骨董品《こっとうひん》と言っていい古さだが、天蓋を支える四柱は太く堅牢で、今も使用に耐えるように、きちんと手入れがなされ、生花まで飾られていた。まるで新婚旅行《ハネムーン》のカップルを迎えるホテルのように。

「さすがに国崎だな。しばらく使っていなかったのに、何もかも完璧だ……さあ三輪、横になりなさい」

兄の手に促《うなが》されて、三輪はベッドの端に腰かけた。靴《くつ》を脱ごうと身を屈《かが》め、だが一瞬早く、片膝を突いた兄に脱がされてしまう。

「えっ、ちょ……！」

――京兄さんがこんなことをするなんて。

まるで姫君に仕える下僕《げぼく》のような兄の姿を見て、三輪は仰天《ぎょうてん》した。だが京は意に介す様子もなく、「少しむくんでいるな」と呟くなり、三輪の意思も聞かずに靴下まで脱がせ、跪《ひざまず》いた姿勢のまま三輪の素足を揉み始めてしまった。

「やはり途中で何度か休憩を取るべきだったたな。お前は昔から、車に長時間乗るのは苦手だったから――」

足首や甲を丁寧に揉まれながら、三輪は茫然《ぼうぜん》とし、うろたえた。

（まただ……）

まただ。どうして京は、こんな風に自分に触れたがるのだろう。まるで三輪が可愛くて、触れずにいられない、とでもいうふうに。

もっとも、思い当たる理由がまったくないわけではない。

(ぼくが病気……だから?)

今の三輪は、数年前から目を病んでいるらしい。明るいうちは比較的ちゃんと見えるが、黄昏時《たそがれどき》になるともう駄目で、夜はまったくの盲目だ。京がとある事情から辞任した社長の地位を継ぐまでは、病気前にしていた仕事も辞《や》め、療養のためにこの別荘に数年、引きこもっていたと聞かされた。

――あっ、でももうじき治療法が確立するらしいから、心配いらないよ! 今はとにかく、脳の損傷が完全に癒えるまで、静かに暮らすようにしようね!

梓馬が大仰《おおぎょう》な身振り手振りと作り笑いで必死に説明するのを見て、逆にかなり深刻な症状なのだとわかってしまった。治療法うんぬんの話は、たぶんあまり当てにならない希望なのだろうということも――。

だから京が、三輪の階段の上り下りや体調を細々と心配するのも無理はないのだが、三輪はこの兄にこんなふうに親密に触れられることに、どうしても慣れることができないでいる。

(だって、何だか変だよ……)

やたらにべたべたしてくる兄の態度が、ではない。それもおかしいのだが、何よりも三輪自身の反応が、だ。

まっすぐに三輪を見つめてくるまなざし、その手の温度、やさしく気遣う仕草。どれもこれも、記憶にある冷たい兄からは一度も感じたことがないものだ。

だがそれくらいならまだいい。

三輪を本当に狼狽《ろうばい》させるのは、かすかに煙草や整髪料の匂いの混じる大人の男らしい体臭や、記憶にある高校生の頃とはやはり何かが違う、成熟した体のラインや、蜜のように甘い囁きだ。そばにいる兄からそれを感じるたびに、心臓がどうにかなりそうなほどに高鳴って、おかしな気持ちになってしまう――。

いったい自分は、どうしてしまったのだろう。相手はあの兄なのに。ずっと一緒に育ってきた、だがあまり親密な仲ではなかった兄なのに。その兄を相手に、こんな風になるのは変だ。こんなのはおかしい。ひどく異常で、普通ではない……。

「三輪」

「……ッ……！」

考えに沈んでいた三輪の目の前に、いつの間にか京の顔が迫っていた。思わず身を退いた三輪を追うように、さらに詰め寄ってくる。

「――わたしが嫌いか？」

「……！」

とっさに、三輪が目を泳がせると、目の前の兄が切なげにため息をついた。

「ほら、また だ——記憶を失って以来、お前はわたしの目を見ようとしない」

「……」

「元々おしゃべりというわけではなかったが、それにしても口が重くて、何も話してくれないし……そんなにわたしが嫌か？　こんな風に、身近にいるのも嫌なくらいか？」

「……」

そうじゃない、と三輪は心の中で答えた。

そうじゃない。兄が言うほど、今の兄が嫌いなわけじゃない、決して。

ただ兄との距離のある関係に慣れていた三輪にとって、今のやさしく親しげな兄は、兄ではない別人のように感じられるだけだ。その「別人」との距離の取り方が、まだよくわからないだけだ——。

だが今の三輪には、その思いをうまく言葉にして伝えることができなかった。本当は伝えたいのに、いたずらにうろたえるばかりで、色々な物思いが喉に詰まって、声にならない。

今の三輪にできるのは、小さな子供のようにぶるぶると首を振って、気まずい思いで目を逸らすことだけだ。そんな様子を見て、京が落胆《らくたん》したようにため息をついた。

「三輪」

兄の両手が伸びてきて、三輪の頬を両側から包んだ。ぐいっと無理矢理向き直らされて、ひっ、と息を呑む。

「わたしは――……」

兄の声が、異様な熱を帯びる。

「わたしとお前は、な……」

三輪が、その眼鏡ごしのまなざしに、声と同じ熱を見て動揺した瞬間、「おーいっ」とドアの向こうから梓馬の大声が響いた。

「何してんだ京！　女王様に荷物運びさせておくつもりか！」

「……今行く！」

大声で怒鳴り返した京の目が、ちらりとこちらを見る。

その粘《ねば》りつくようなまなざしが、三輪の表情を探ってきた。だが怯えるだけの三輪の顔の中に望むものは見つけられなかったらしく、京は再び、深いため息をつき、立ち上がる。

「すまなかった、三輪」

「……」

「今のお前は、多感な盛りの思春期の子供だということを忘れていた。――許してくれ」

何も謝られるようなことはされていない。むしろ三輪を懸命にいたわろうとする兄に、自分のほうがうまく応じられていないだけなのに。悄然《しょうぜん》と頭を下げる兄の姿に、三輪はどうしていいかわからず、焦《あせ》りばかりが募ってゆく。

(――何か、言わなきゃ。何か、何か……)

だが三輪の頭の中は、霞《かすみ》がかかったように何の言葉も生まれ出てこない。

どうしてこんなに、思うようにしゃべれないのだろう。何だか、兄が言う思春期の少年よりも幼い、人見知りの子供に戻ってしまったかのようだ。もう少し落ち着けば、きちんと会話ができるのだろうに――。

「夕食まで、ゆっくりおやすみ」

そう告げて、部屋を出て行く刹那《せつな》の、兄の寂しげな表情。

(兄さん……)

胸を抉《えぐ》られる。

自分が、何かひどいことを――とてつもなく残酷でひどいことをしているような罪悪感が、しばらくはどうしても心から消えなかった。

＊　＊

許スモノカ、許スモノカ――。

コノ家ノ子ガ呪ワレズ、罪ヲ負ワズニ、白ク清イママニ生キルコトナド、絶対ニ許スモノカ――

……！


がちゃん、がちゃん……と、どこからか重々しい鎖の音が響いている――。

三輪は伸し掛かるような暗闇の中を、泳ぐような足取りで歩いていた。自分では早足に駆けているつもりなのだが、体は思うように前に進まず、足はもつれ、焦りばかりが募る。闇が全身にまとわりついてくるかのようだ。

（ああ、嫌だな――……）

三輪は思った。まただ。また、あの夢の中だ――。

記憶を失って以来、三輪は奇妙な悪夢を見ることが多くなった。いや、一時は多いなどというものではなかった。眠れば、必ずこの「黒い夢」を見た。

毎夜のようにうなされる三輪を心配し、梓馬が相談した精神科医は、「やはり現在の生活の記憶がない不安が、無意識のうちに心にストレスをかけているのでしょう」と診断し、三輪に軽い眠剤を処方した。その治療方針には、京も梓馬も「そんなその場しのぎの治療が何になるんだ」と不満そうだったが、薬はまずまずの効果を発揮し、とりあえず三輪は夜は安寧《あんねい》に眠ることができるようになった。

だがそれを使わずに昼寝などをすると、やはりこうして、粘りつくような濃い闇に捕らわれてしまうのだ。ああ、嫌だな――と三輪はまた、夢うつつに思った。

（またか。またこの大きな屋敷の中を、知らない人たちと一緒にあちこちうろつくあの夢を見せられるのか――）

屋敷は、三輪にとって見も知らぬ場所で、中は豪華だが重苦しい雰囲気だった。インテリアや人々の衣服が、みな奇妙に古い型なのも、その一因だろう。女性の使用人たちは古風な黒いワンピースに白いエプロンドレスをつけ、男たちもみな黒服だ。一見、華やかな社交場のようでいながら、人々の表情は硬く、笑顔もなごやかな会話もない。そして何より、どこからともなく鎖の鳴る音が響いてくるのが、何とも言えず陰惨だった。まるで「豪華な監獄」のような――。

「――……さん」

不意に三輪は、横合いからメイド服の女性に声をかけられた。まだ若いメイドは、不安感と怯えを仮面にして張りつけたような顔をしている。

「ツバキさん、お願いです。あのお客様たちを止めてきてください」

メイドは三輪を、心当たりのない名で呼びながら、小さな声で哀願した。

「もう聞いていられません。あのまま続けたら、逸水《いっすい》さんが死んでしまいます。いくら田中さまのご希望でも、お客様三人、同時にお相手だなんて――……」

いかにもおずおずと申し出たメイドは、だが強引だった。三輪は背をぐいぐいと押され、「ちょ、ちょっと」と抵抗しながら、ある両開きの豪華なドアの前に押しやられてしまう。

ドアの向こうからは、鎖の音と共に、異様な声が聞こえてくる。呻くような、喘《あえ》ぐような――また、野卑《やひ》に笑うような声。メイドの言う通り、ひとりふたりの声ではない。

途端《とたん》に、嫌な汗が滲《にじ》む。

（嫌だ、覗きたくない――）

見たくない。この部屋を覗くのは嫌だ。何か途轍《とてつ》もなく禍々《まがまが》しいことが、この中で行われている――。そう思うのに、ドアノブを握り、そろり……とドアを開こうとする自分の手を、止めることができない。まるで三輪以外の誰かが自分の体の中にいるかのように。

（いや、違う）

三輪は直感で悟った。違う、逆だ。

これは、三輪のほうが……三輪の意識が、誰かの体に寄生しているのだ。だから今こうしてドアを開き、部屋に入ろうとしているのは、三輪ではない誰かなのだ。もし自分だったら、絶対にこんなことはしない。

きぃぃ……と木製の重いドアが開く。

「……ううっ、うっ、うっ、う……！」

部屋の中には、異様な光景が広がっていた。暗いランプの光。薄闇の中でもぼんやりと浮かび上がって見えるほど白い、ベッドのシーツ。その上に四人の男が群れ集《つど》っている。中のひとりはまだうら若い青年で、彼だけが全裸にされ、猿ぐつわをかけられた姿で、両手首を手鎖で繫がれていた。不気味に響いていた金属音は、その鎖が鳴る音だ。残り三人の男たちは、それぞれに上等そうな夜会服を着ていたが、全員がズボンを押し下げ、下半身を露出した状態で、裸の青年に伸し掛かっている。

「うーっ、うーっ……！」

凄《すさ》まじい光景だった。男たちの間から、白い脚が伸びて、空を蹴っている。

三輪は、あまりの壮絶さに（夢の中なのに）気絶しそうになった。伸し掛かる男の猛《たけ》り立ったモノが——さすがにそれがどういう状態なのかは、今の少年同然の三輪にもわかる——青年のアヌスを貫いていた。男の腰使いは容赦なく、ずぶりずぶりと生々しい音が立っている。猿ぐつわで覆われた青年の顔は蒼白で、すでに半死半生に見える——。

男が腰を、前後に振る。やがて獣のような唸《うな》り声が上がり、青年の体が小刻みに震え、ある瞬間、何かが果てたようにぱたりと止まった。

「つ、次は私に——」

途端に、順番を争う声が左右からわきおこる。

「いやわしだ。この様子ではあと一度が限界だろうからな」

「私だってたっぷりチップをはずんだんですよ！」

「何を言うか。わしの家格を忘れたか。たかだか平民上がりの商人の息子が、身分をわきまえぬか！」

駄目だ。

もうこれ以上、この男たちに好き勝手やらせては駄目だ。死人が出る。

三輪は急き込むようにそう考えた。いや、考えたのは三輪ではないかもしれない。誰かの頭脳に三輪が入り込んでいるような、変な感じだった。だが自分に、この傲慢《ごうまん》な客人たちが止められるだろうか――と案じたのも、三輪ではない誰かだ。だが止めなくてはならない。

「あ、あの……」

その時。

「ニエット！　ニエット！」

突然、耳慣れない言葉を喚きながら、三輪を押し除けるように、大柄《おおがら》な青年が部屋に入ってきた。

白い肌、高い鼻梁《びりょう》、赤みを帯びた髪――。西洋人の若い男は、質素なセーターの上にねずみ色の外套《がいとう》を着て、古風なハンチング帽をかぶっていた。一見して貧しい工場労働者という風の身なりだが、背も高く、ハンサムで高貴な顔立ちをしている。

「ハ、離レロ！　イツ、カラ、離レロ！」

イツ、と呼ばれた哀れな青年は、突然、虚ろだった目を瞠り、西洋人の青年を凝視する。

「……ッ……！」

その塞《ふさ》がれた口が、サーシャ、と呟くのを、三輪は借り物の目を通して、はっきりと見た。その瞬間――……。

「三輪！　三輪っ！」

揺り起こされて、ハッと目を覚ます。

その枕元で、かた……と、夢の名残のように、金属の音がした。

＊　＊

「うわ、すごい汗」

気遣わしげに三輪に触れてきたのは、どうやら梓馬――大人になった今の梓馬のようだった。

ようだった、というのは、すでに時刻は日暮れ時で、部屋が暗く、三輪の目にはよく見えなかったからだ。

「また嫌な夢見たの？　ごめんね、もう少し早く様子見に来ればよかった」

タオルの持ち合わせがなかったせいだろう。梓馬はシーツの端を引っ張り寄せて、三輪の顔を拭い始めた。

大きな手だった。熱くて頑丈《がんじょう》な、大人の男の手――。

「体起こせる？」

「……うん」

三輪は頷き、シーツに手を突いて上半身を起こした。その背を、梓馬の腕が支える。

その時、かたん……とまた、金属の音がした。三輪は義弟の腕に背を預けながら、びくん、と振り向く。

天蓋を支える柱に、鉄輪《かなわ》がついていた。今まで気づかなかったが、枕辺側の左右の柱両方につけられているそれは、真鍮《しんちゅう》色に輝いて、窓から差し込む夕日を弾いている。

見たことがある。そうだ、見たことがある。これは、たった今夢の中で、逸水《イツ》と呼ばれていた青年の両手首が鎖で繋がれていた――……。

ひっ、と三輪は悲鳴を呑み込んだ。震えるその体を、「三輪っ？」と驚きの声を上げつつ、梓馬が抱きとめてくれる。

「どうしたの、何が怖いの、三輪っ」

「く、鎖が――……！」

三輪は自分の両頬を手で覆いながら、錯乱する。

「鎖が、鎖が……！　鎖の、音が――……！」

「三輪、大丈夫だよ、三輪っ」

梓馬の腕と胸が、三輪を覆うように抱きしめてくる。

「鎖なんかない。もう、この家には、鎖なんかないんだよ！」

「――……ッ」

その言葉に、ふっ……と力が抜ける。

「もう……ない……？」

「ああ、ない。この家はもう何年も前に規模を半分以下に縮小して改築したんだ。昔のものなんか、もう何も残っていないよ！」

必死に言い聞かせるような声だった。三輪は深く深く息をつき、思わず、義弟の胸にもたれていた。

「……怖かった……」

心からの嘆息《たんそく》だった。

本当に怖い夢だった。今までの曖昧模糊《あいまいもこ》とした悪夢と違い、妙に内容が真に迫り、具体的だった。見てはならないものを見た衝撃が、心に深く突き刺さっている。

――あんなことって、あるのだろうか。縛って抵抗できなくしたひとりの人間を寄ってたかって、三人がかりで……なんて……。

あんな風にされるなんて、どんなにつらく、どんなに苦しいだろう。肉が裂けて腸《はらわた》が捩れ、内臓をすべて引きずり出されるような感じがするに違いない。そう考えて、三輪はハッと気づく。

体が……下半身が、昂奮《こうふん》して、濡れている……？

（まさか――）

カーッ……と、首から上が熱くなる。

いったい、自分は何を考えているのだ。どうして、犯す側ではなく犯される側の想像をしてしまうのだ。しかも、そんな想像で、どうしてこの心と体は昂奮してしまうのだ。

（そんな……ぼくは男、なのに――……！）

まさか、あんな欲望を、自分は無意識に抱いているのだろうか。まさか、あんなふうに、「女役」を強要されて踏みにじられることを、自分は心のどこかで望んでいるのだろうか。

だから、こんなふうに、濡れて反応してしまうのだろうか――。

「三輪……？　どうしたの、三輪……？」

「あず、ま……」

三輪は自分を抱きとめる青年を、初めて小さな義弟の名で呼んだ。

「手を……手を離してくれ……！」

「えっ、何……？」

「ぼくに触っちゃ駄目だ……！」

「えっ、ど、どうしたんだよ、三輪……！」

自分の腕から離れようとする三輪を、梓馬はなおも抱きしめようとする。その腕を、三輪は無理に振り払った。肘が胸板に当たり、どん、と音がする。

シーツの上を飛び退くように、ベッドの端まで距離を取る。

そして自分自身を抱え込むように、身を丸める――。

「三輪っ？」

「ぼくは……ぼくは汚い……！」

かたかたと、震えが止まらない。全身に嫌な汗がまた噴き出してくる。

自分の体が、嫌な、腐ったような匂いを放っているように思えて、たまらない……。

「もう消えてしまいたい……！　消えて、いなくなってしまいたい。ぼくは汚い。汚い……！」

男たちの下卑《げび》た哄笑《こうしょう》が聞こえる。鎖の音。粘りつくような濃い闇。

どんなに逃げても追いかけてくる、この体の発する、淫らな匂い――。

「三輪！」

息を呑むように、梓馬が声を放つ。これは普通ではないと思ったのだろうか。義弟はその成長した体でベッドの上に乗り上がり、三輪のほうへ素早く這い寄ってきた。

ベッドから降りて逃れようとしたのに、義弟はやけに素早かった。引き戻されるように、また腕の中に捕らえられて、三輪はもがく。

「は、離してくれ！」

「嫌だ。離さない」

「駄目だ、やめてくれ！　汚れるから！　ぼくの汚れが移ってしまうから！」

「構うもんか！」

梓馬が叫んだ。有無を言わせない強い力で抱きしめられて、三輪は硬直する。

「みーちゃん！」

その呼び名。

「みーちゃん……！」

息が止まる――。

汗に濡れた額に、義弟が頬を擦り寄せてきた。そのまま、愛おしくてたまらない、とばかり、幾度も幾度も頬擦りされる。

「馬鹿だな――どんな夢見たのか知らないけど、どんなに汚れてたって、俺が三輪から離れるわけがないだろ……。親から捨てられて、いつも臭いがするほど汚かった俺を、可愛いって言って抱きしめてくれたのは三輪だけだったんだから……！」

「……ッ……」

「大好きだよ……。記憶がなくても、汚れていても、どんな三輪でも、俺は大好きだよ！」

「あ……」

大好き。その言葉に、すとん――と何かが、胸の中に落ちる。

「梓馬」

そうか。

やっと理解できた。やっと心から信じられた。

この子は梓馬なんだ。姿かたちや声は変わってしまっていても、確かに梓馬なんだ。

ぼくの梓馬。いつも寂しがっては誰かの気を惹くために泣いていた、ぼくの可愛い弟――。

「梓馬――……」

両親が不在の家の、影の薄い次男坊だった自分に、必要とされる喜びを与えてくれた弟――。

「みーちゃん……」

汗で濡れるのも構わず、梓馬の腕が強く三輪を抱き寄せる。

三輪は深い安堵感《あんどかん》の中で、その胸に体を預けた。

――薄く開いたドアの狭間《はざま》から、眼鏡をかけた目がひたりと見つめていることに、少しも気がつかないまま。

＊　＊

許スモノカ、許スモノカ――。
絶対ニ許スモノカ――……！

「梓馬、これもお食べ」

三輪はそう言って、自分の夕飯の皿からアジフライを差し出してやった。

その時梓馬は、今まさに自分の分のフライの最後の一尾《いちび》にかじりついたところで、黄金色にからりと揚がった身に、綺麗《きれい》な半月形の歯型を刻んでいた。それを箸先に摘まんだまま、驚いて三輪を見つめ返してくる。

「い、いいよ。それ三輪のだろ？」

「遠慮しないで。お前、さっきからすごい食欲じゃないか。お腹空《なか》いてるんだろう？　ほら、あげる」

有無を言わせず、三輪は梓馬の皿にアジフライを載せてしまった。

梓馬は何が起こったのかわからない、という顔で、茫然としている。

どうしたのだろう？　いつもはこうしてあげると喜んで食べるのに――。

キッチンからそれを察した摂子が菜箸《さいばし》を手にしたまま顔を出し、

「三輪さま、まだこれからどんどん揚げていきますから」

諭す表情で告げたが、三輪はまったく耳に入れず、自分の分の残りをすべて梓馬の皿に移してしまった。

「三輪、お前こそちゃんと食べなさい」

食堂の広いテーブルの対面から、京がそれに、顔を顰《しか》めて注意してくる。

「退院したとはいえ、まだまだ快復途上なんだ。梓馬を構う前にまず自分の体をちゃんといたわりなさい」

「ぼくは大丈夫だよ、兄さん」

やんわりと、だがはっきりと、三輪は兄の言葉を退けた。

「梓馬はぼくがこうしてあげないと食べないんだ。早く大きくなれるように、沢山食べさせなきゃ」

「――三輪？」

京も、三輪の言動の異常に気づいたようだ。

「何を言っている。梓馬はもう立派な大人だ。それ以上無駄にでかくなったら、天井を突き抜けて家を壊してしまうぞ」

「……あ……」

そうか、と三輪はやっと気づいた。

そうか、梓馬はもう大人になっているんだった。つい、いつもの――記憶を失う前の――いつもの調子で……。

うわ……と、自分の思い込みを恥じて赤面する。いい大人に対して、何をやっているのだろう。どうしてもまだ、梓馬は小学生だという感覚が抜けない。京も摂子も、さぞ呆れただろう――……。

「京、三輪を責めるなよ」

梓馬がそんな三輪を見、抗議する口調で長兄に言った。

「可哀想だろ。三輪はただ、俺を思い遣《や》って、可愛がってくれただけなのに……なぁ？」

「……ん……」

耳朶《じだ》まで熱くなりながらも、こくんと頷く。すると梓馬は、三輪がわけてくれたアジフライを、がばがばと食べ始めた。

「あー、三輪がくれたごはんは美味しいなー。京はこんなことしてもらったことがないだろうなー。はははは！」

わざとらしく、梓馬は高笑いする。京は明らかに渋い顔だ。

やさしいなぁ、と三輪は義弟を見ながら、誇らしく温かい気分になった。この子はなんてやさしく立派な青年になったのだろう。小さい頃はあんなに寂しがり屋で、外見もやせっぽちで、可哀想なばかりの子だったのに、今は逆に、こんな風に機転を利かせてぼくを庇ってくれるなんて――……。

（あれ、何だ？）

三輪は両目をまたたいた。いつもは夕刻以降は視界が暗くなるのに、どうしたのだろう。

「どうした、三輪？」

京が一大事とばかり、身を乗り出してくる。

「目が痛むのか？」

「ううん、何だか――梓馬の周りだけ、光って見えて、まぶしい……」

どうしたんだろう？　と首をかしげる。

その時なぜか、京、梓馬、そして摂子。三輪以外の全員の空気が凍った。

ぴきっ、と音がするかのように――。

（何だ？）

三輪が不審を感じるのを、

「そ、そう？」

梓馬が不自然な笑顔でごまかそうとする。

「ま、まいったなぁ。俺ってそんなにいい男かなぁ？」

は、は、は、と掠れるような笑い声を立てながら、梓馬がちらっと視線をやった先に三輪もつられて目をやれば、そこにあったのは、京の怖い顔だ。

（えっ）

兄はほとんど無表情だった。だが。

眼鏡が昏く光っている――……。

摂子までもが、見てはいけないものを見たかのように、表情を強張《こわば》らせている。

いたたまれない空気の中に、からからからから……と、揚げ油の音が響いた。


うわあああ、と若い男の悲鳴が、山荘中に響く。

庭の軒先に伸びた枝からも、敏感な小動物や鳥たちが逃げ去った気配がした。

真っ先に浴室へ飛んできたのは、京だった。「どうした！」と叫んだ次の瞬間、その視線が吸われたのは、三輪の裸体だ。

一糸まとわない白い肌が、湯気で靄《もや》っている浴室の真ん中に立っている。

「兄さん……？」

三輪はどこを隠すでもなく、ぼんやりと突っ立ったまま、兄を振り返った。義弟も兄も、どうしてこんなに慌てているのだろう――？

「み、三輪。何をしている！」

「何をしている、って……」

梓馬と一緒にお風呂に入ろうと思って、と答えると、その梓馬が、浴槽《よくそう》の中でひっくり返った。

理解できない反応だ。どうして義弟は、あんな悲鳴を上げるほど慌てているのだろう。

「……来なさい」

京が、真面目《まじめ》な顔で三輪の腕を引く。

「どうして？」

三輪は引かれながら、首をかしげた。

「いつもぼくが一緒に入って、体を洗ってあげてるじゃないか。どうしてそんなに驚くの？」

「……」

京の表情が歪んだ。こいつ、どうしてくれよう、という苛立った顔だ。

――こいつ、どうしてくれよう。いっそこの場で、どうにかしてやりたい……。

三輪は一瞬、兄が怒鳴りつけてくるのではないかと首を縮めた。だが数秒を置いた兄は、ふぅ……とため息をついただけだ。

「――とにかく服を着ろ。梓馬はもう大人なんだ。お前が洗ってやる必要はない」

「あ、そうか」

またやってしまった、と三輪は照れ笑いをする。

「でも何も、そんなに慌てることないじゃないか。兄弟なんだから。ふたりとも、今日はどうし……」

「いいから服を着てくれ！　三輪！」

梓馬が、浴槽の湯の中に身を縮ませながら叫ぶ。

「俺は困る！」

「何で困――」

「いいから！　京！　頼むから三輪をどうにかしてくれー！」

梓馬の懇願が、こだまのように山荘周辺に響き渡った。


髪を拭きながら、ふーっ……とため息をついて、浴室を出る。

結局、梓馬の体を洗ってやることはできなかった。「くすぐったいよ！」とけらけら笑い転げるのを捕まえ、足指の股まで丁寧に洗ってやるのを、楽しみにしていたのに――。

「とにかく」

リビングの方角からびしりと聞こえてきたのは、兄の声だ。三輪はとっさに、足を止めて壁に身を寄せた。

「わたしがまた出張《でば》ることができない以上、汐月画廊は当面、お前が見るしかないんだ、梓馬。三輪の記憶が戻るかどうかわからない以上、なおさら今、汐月家の経済的な後ろ盾をなくすわけにはいかん」

「それは、わかってるけどよ……」

長兄と末弟は、互いに直角に置かれたソファにひとりずつ腰かけていた。そしてまだ頭にタオルをかぶっている梓馬が、こちらに背を向けた位置から京に反論している。タオルの端から跳ねた癖毛がぴょこぴょこ飛び出しているのが、三輪の目には何とも可愛らしい。

「でも……やっぱり心配だ。あんたと、あんなに何もわからない状態の三輪を一緒にここに……」

「大丈夫だ。約束は守る」

――約束……？

「信用できるかよ！」

拗ねたように、梓馬は吐き捨てた。

「三輪の記憶が戻るまで、手は出さない、なんて……そんなの、いつまでかかるか、ずっとこのままの可能性だってあるのに、本当にあんた辛抱できるのかよ？」

――手、って……？

「信用しろ。わたしだってあんなに無邪気で真っ白な三輪に、余計なことを吹き込んで傷つける気にはなれない。まして手を出すなど」

「嘘つけ、三輪を苛《いじ》めて泣かせるのが大好きだったくせに」

このサディストが、と梓馬が責める。苛めて泣かせる……？　サディストって、何のこと……？

と三輪が疑問に思うより早く、

「それは三輪がすでに大人だったからだ」

京は奇妙なほど堂々とした態度で反論した。

「どれほどか弱く見えても、あの時の三輪はすでに色々な経験を経た大人の男だった。だが今の三輪は違う。もし、今の多感な思春期の子供同然の三輪に、同じことをしたらどうなるか——そのぐらいは、わたしも心得ている」

「……」

「とにかく信じろ、わたしはサディストではあってもお稚児《ちご》趣味でもペドでもない。あんないたいけな、子供同然の三輪をどうこうしようとは思わない。……おそらく」

「そこは断言しろよ！」

脊髄《せきずい》反射かという速さで、梓馬は突っ込んだ。京は細く整った眉《まゆ》を上げた。

「お前だって、同じだろう。グラつかない自信はないが、それでも最終的に三輪を傷つけるような真《ま》似《ね》はしない……だろう？」

「……まあ、な」

梓馬は、唇を尖らせるようにして答えた直後、かぶったタオルごと頭を抱え込んだ。

「でも裸見ちまったからなぁ。今の三輪は、心はローティーンでも、カラダはしっかり大人なんだぜ？こんなことが続いたら、俺、自信ねぇ……」

「未熟者め」

ふん、と京は鼻を鳴らした。

「だから貴様は明朝一番に帰……三輪」

京の視線が、ふとこちらを向く。それにつられて、梓馬も振り返った。

「あ……上がったんだ、三輪」

「うん」

三輪が頷くと、梓馬はソファから立ち上がり、何かを確認するように、肩に触れてきた。

「ずいぶん早かったね。よく温まった？」

「ううん、軽く流しただけだよ。お前と一緒でもないのに、長湯したってつまらないだろ」

「……」

「……」

ふたりの兄弟は、それぞれに固まった顔で黙り込んだ。あれ、また何かまずいことを言ってしまっただろうか？　と、三輪は不安になる。

（さっきの会話といい、何なんだろう。失った記憶の中で、ぼくは何かこのふたりと、思いもよらない関係になっていたんだろうか……？）

ペドとは何のことだかわからないが、お稚児趣味なら何となくわかる。しかしそんな言葉は、普通、兄弟の間の会話では登場しないだろう。このふたりが、三輪に知らせず、何か暗黙の約束を交わしているのも気に入らない。

「何？　ふたりとも、ぼくに何隠してるの？」

眉間《みけん》にしわを寄せた三輪を見て、梓馬が慌てたように両手を振る。

「な、何も隠してなんかいないよ！」

「嘘。だって今、ぼくに手を出すの出さないのって……」

ぼくを苛めて泣かせていた、と聞こえた。もしかして、自分は京に暴力を振るわれていたのだろうか、と三輪は思い、まさか……と慄いた。体格のいいスポーツマンの兄にそんなことをされたら、ひ弱い自分にはとても抵抗などできない。あたたかい人柄ではない兄だが、家庭内暴力に走るような粗暴さはないとばかり思っていたのに――。

そんな三輪の顔色を見て、梓馬が慌てて手を振った。

「み、三輪は何も知らなくていいんだよ！　今の三輪は、まだ子供みたいなもんなんだからさ！」

三輪はむっとする。ぼくを子供だって……？　この寂しがり屋の駄々っ子が……？

「何だいその言い方。弟のくせに！　梓馬のくせに！」

「三輪――……」

「だいたい、どうしてだよ。大して仲良くもなかったくせに、何ふたりで仲間みたいに結託してるんだよ！　ぼくをのけ者にして兄さんと仲良くして！　梓馬の馬鹿っ！」

発作的に言ってしまってから、三輪はハッと気づいた。

（何、今の……これって、やきもちじゃ……）

わかってしまった。自分は、京と梓馬が何やら仲良くしていることが、単純に気に入らないのだ。

昔から自分たち三兄弟は下のふたりが親密で、長兄の京とは少し距離のある関係だった。それが、自分を飛び越して、末弟と長兄が仲良くなっているのが、受け入れられないのだ。

梓馬はぼくのものだったのに……と。

恥じたように赤い顔で黙り込んでしまった三輪に、梓馬の気配が近づいてくる。ぽん、と慰めるように肩を叩かれて、三輪は顔を上げられない。

「ごめんね、三輪」

「……ッ……」

「そうだよね、俺が三輪をのけ者にして、京と仲良くしてたら、面白くないよね」

理不尽に嫉妬《しっと》をぶつけられたというのに、なぜだか梓馬は、困惑しつつも嬉しそうだ。

まるでやきもちを焼いてくれたのが嬉しい、と言わんばかりに――。

「……ごめん……」

三輪は恥じ入った。そんなことがあるわけがない。きっと梓馬は、自分に気を遣っているのだ。仮にも兄弟なのだから、梓馬と京が仲良くしていることには何の問題もない。どころか、兄弟が仲良しなのはそうでないよりもはるかに喜ばしいはずだ。それを、自分は喜ばないばかりか、腹を立てて怒鳴ってしまうなんて――。

自分の心の狭さに、三輪は自己嫌悪に陥った。いくら記憶がないとはいえ、目の病を抱えているとはいえ、今の自分は情緒《じょうちょ》不安定で子供っぽすぎる……。

「いいんだよ、今の三輪にしてみれば、仕方のないことだ」

梓馬は大人びた態度で慰めてくる。弟のくせに――。

「あ、一応言っておくけど、俺、別に京と仲良くなったわけじゃないから！　こんな野郎より、三輪のほうがずっとずっと好きだからね！　絶対に！　絶対に！　絶対に！」

「おいこんな野郎とは何だ」

京の声をまったく無視して、梓馬は三輪を両腕でぎゅっと抱きしめる。

「大好きだよ三輪っ」

熱く大きな体の感触に、ひゃっ、と三輪は身を硬くした。頭の中ではまだ時々、小学生の時の姿と混同してしまうのに、こうして抱きしめられて体を密着させると、この義弟がすでに成熟した大人なのだと、まざまざと実感する。

（そ、それに何か……あ、当たってる――？）

薄手のスウェットに着替えた義弟の股間に、立派な男性の象徴の感触を感じて、三輪は顔が赤らんだ。そうだった。今の自分の記憶にある梓馬はまだ性的成熟の兆《きざ》しもない子供で、可愛いらしいものしかついていなかったが、体が大人になるということは……つまり、そういうことで……。

（これじゃもう、一緒にお風呂に入りたがらないのも無理はないな――……）

そう自分の不用意な行動を反省した、その時。

不意に三輪は殺気のようなものを感じた。

ぞくっ、と震えつつ、目が梓馬の肩ごしに、その背後にいる兄の京のほうへ流れる。

息を呑んだ。

梓馬に抱きしめられる三輪を見る京の両眼からは、どす黒い瘴気《しょうき》のようなものがあふれ出ていた。

両眼が眼鏡の奥で、底知れずに据わっている。

（――こ、怖い……）

三輪は梓馬に抱きつかれた時とは逆に、さっと血の気が引くのを感じた。

どうしたのだろう。食卓の向かいにいた時といい、どうして兄は、三輪と梓馬が親密に触れ合うたびに、こんな顔をするのだろう。昔から三輪が梓馬に甘すぎることに好意的な反応はしない人だったけれど、これは何か異様だ。三輪に対しては、昔よりずっとやさしくなったのに、梓馬が絡むと――。

思わず、ぎゅっ……と梓馬にしがみつく。震えているのを誤解されたのかもしれない。梓馬は、「よし」と三輪の肩を叩くと、ひょいっとその体を横抱きにした。

「えっ、ちょ、梓馬っ？」

「寝室《へや》まで連れて行ってあげるよ」

「な、何言ってんだよ。ひとりで行ける！」

「駄目。階段、危ないだろ」

目のことを言っているのだ。確かに、人工の灯《あか》りがどんなに煌々《こうこう》としていても、三輪の目はちょっとした陰りを闇として捕らえてしまう。陰影のある階段は危険個所だ。

「だからって、こんな女の子みたいなことしてもらわなくても大丈夫だから！」

「はいはい、大人しくして」

梓馬は有無を言わせず、背後の京が放つ明らかな殺気も無視して、さっさと三輪を運搬してしまう。

——力強い腕。

京の異様な視線が気になったことも忘れ、三輪はまた梓馬の成長ぶりに驚嘆した。あの小さくてひ弱く泣いてばかりいた子が……と、思わず目が潤《うる》みそうになる。

二階に着き、主寝室のドアの前まできて、降ろしてもらえるのかと思ったら、梓馬は三輪を抱えたままで、器用にドアノブをひねった。かちゃり……と音がして、重厚なドアが開く。

そのまま花嫁よろしくベッドまで運ばれて、恥ずかしさに何となく腰のあたりがむず痒《がゆ》くなった。

女の子扱いは嫌だ、などと言ったのに、いざシーツの上に降ろされると、梓馬の体のぬくみが離れるのが惜しいと感じる。

（もっと、ひっついていたい）

思わずぎゅっと、梓馬の首を抱いていた。離れようとしていた義弟が、「三輪？」と驚いたように尋ねる。

「どうしたの。寒い？」

「違う……」

「じゃあ何か怖い？　また嫌な夢見そう？　そうだ、お薬飲んでおこうね」

幼児を宥めるような口調だ。何だか子供の頃と逆じゃないか、と三輪は腹立ちながらも感慨深かった。本当に、この子は自分を心身共に追い越してしまったのだ――……。

「梓馬」

催眠術にかかったように、三輪は普段はとても言えない言葉を口にしていた。

「一緒に寝よう」

「へっ？」

「朝まで、ここで一緒にいよう。このベッドなら、ふたりで寝ても狭くないだろ？」

「……えーっと」

梓馬は目を泳がせながら、口の中で何かもごもごと呟いた。それは「誘ってる……わけじゃないよね」と聞こえ、次に三輪が腕を絡みつかせている肩が、かくんと落ちた。

断腸の想いで、何かを諦めたかのように。

「あのさ、三輪……」

「だって、子供の頃はいつも喜んでそうしてただろ？　嫌か？」

「……っ……」

梓馬は三輪の目を覗き込み、何やら悲壮感に満ちた顔になった。

再度、その唇がもごもごと呟いた言葉は、「京が発狂する……」と聞こえた。どういう意味だろう。

どうしてここに、兄の京が登場する？

「えーい、もう！」

問い質《ただ》そうとした時、三輪は義弟の手で、どさっ、と押し倒された。

一瞬、鼓動《こどう》が跳ね上がった。何かをされる——と、期待とも恐怖ともつかない感情が湧《わ》いた次の瞬間、梓馬の体ではなく、ふわっと肌掛けが覆いかぶさってきた。

「今夜だけだからなっ！　今夜だけだからなっ！　今夜、だけだからなっ！」

「そんな、何度も言わなくても……」

子供の頃は普通にしてやっていた添い寝なのに、ぼくにするのはそこまで嫌なのだろうか、と三輪が不安を感じた時、

「おやすみっ！」

決死の覚悟、と言わんばかりの声で告げるや、梓馬は肌掛けをぴったりと体に巻きつけて寝に入った――……三輪に背を向けて。

（……やっぱり、こんな大人になって、兄貴と一緒に寝るなんて嫌だったのかな――）

それでも、三輪の幼稚な願いを聞き入れてくれる梓馬は、やはりやさしい義弟だった。

――立派な男性になったなぁ……。

三輪は再び、つくづくと感動し、その気持ちのままに、義弟の背に額を押しつけた。

「おやすみ、梓馬――」

硬い背中が、ぴくんと揺れたのがわかった。

◇　◇

ホゥホゥと、夜の鳥が鳴いている。

一九三六年。昭和十一年末の、ある寒い夜のことだ。

早坂逸水こと逸郎《いつろう》は、いびきをかいて眠りこける男の隣からするりと抜け出すと、素早く衣服を着け、苦労してベッドの下に隠しておいたリュックサックを背に担《かつ》いだ。

中身はほとんど画材だ。それにわずかな着替えだけで、金目のものはない。この山荘のそのへんの装飾品を適当に奪って行ってやろうかとも考えたが、止した。それでは駆け落ちではなく泥棒だ。貧乏画家にもその程度の矜持《きょうじ》はある。

準備万端整えた逸郎は、そっと男の様子を窺った。サーシャが人伝《ひとづて》にくれた薬は、よく効いているようだ。「田中」は静かに寝息を立てるだけで、ぴくりとも反応しない。

——やれやれだ。

ほ……と息をつく。

悪趣味で傲慢で変態で、最低の男だった。何より悪かったのは、要求が多いわりにケチなことだ。古代ローマ風奴隷懲罰ごっこだのボルジア家風輪姦パーティだの、ずいぶんと色んな趣向に付き合わされたが、この男は一度もチップをはずんでくれたことがない。頂けるものさえ頂ければ、と割り切っていた逸郎も、三日と空けずに通ってきて、ほとんど囲い込んでいるくせに、小遣いの「こ」の字も見せないこの男には、もうほとほと愛想が尽きた。後足《あとあし》で砂かけて出て行ってやる。

こつ、と窓に小石を投げつけた、小さな音がする。

サーシャだ。約束通り迎えに来てくれた。

逸郎は喜びにはやる心を抑《おさ》え、極力音がしないよう、テラスに続く掃出し窓を押し開けた。下を覗き込むと、山荘の敷地ぎりぎりにまで迫った森の木立の中に、ハンチング帽をかぶった大柄な人影がある。

サーシャとはずいぶんと可愛らしい名のように感じるが、本名はアレクサンドル・グリゴリーヴィチ・タターロフと、本人の外見同様に堂々たるものだ。名前も血統も純然たる露西亜《ロシア》人だが、幼い頃、父母に連れられて亡命し、当人はパリ育ちだという。だがあの氷の国の血は健在らしく、常に微妙な憂鬱《ゆううつ》さを湛《たた》えたハンサムな詩人兼画家で、逸郎とは汐月画廊のサロンで出会い、一度慌ただしく関係を持ち、それ以来、可笑しいくらい一途に逸郎を想ってくれている。

君はこれ以上、理不尽な屈辱を忍従するべきじゃない。一緒にモスクワへ逃げよう。ぼくが君を助け出す。必ず幸せにしてみせる——と誘われた時、逸郎はあまりに思い詰めた彼の様子に、思わず噴き出しそうになったほどだ。

(こんなチンケな男娼《だんしょう》相手に、何を真剣になっているんだか——)

逸郎は、まあそう言ってくれるなら、一緒に駆け落ちしてもいいか。捕まった時は捕まった時だ。汐月氏も脛《すね》に傷持つ身なのだから、まさか命まで取られやしないだろう……という程度の気持ちで応じたのだが、何度かこっそりと手紙を交わして逢瀬《おうせ》を持つうちに、サーシャが、逃亡に失敗すれば首を括りかねないほど悲愴感を持っていることに気づいた。

だから逸郎も、腹を括った。真剣でなかった自分を反省した。こんな淫売のどこがいいのか知らないが、命懸《が》けで惚れられたからには、死なば諸共《もろとも》だ。男らしく、何もかもくれてやる。

「……イツ」

　低い、囁きかけてくるような小声。頑強な青年のシルエットが両腕を広げ、頭上のテラスにいる逸郎に、来い、と手振りで誘っている。

　逸郎はテラスの手すりに片足をかけた。怖くなどない。きっとサーシャが受け止めてくれる。そう信じて、えいっ、と一気に手すりを越える。

　ふわりと浮遊感に包まれ、次に、どん、と衝撃。

　逸郎の体を、サーシャは揺るぎもせずに受け止めた。

「イツ、イツ……！」

　そしてロシア名物、熱烈な再会のキスだ。チュッチュと唇を押しつけられて、辟易《へきえき》しながら「もうっ」とハンサムな顔を押し退ける。サーシャが心外そうな表情をするのを、「今はそれどころじゃないだろっ」と叱りとばして、地面に降ろさせた。いくら自分が小柄でも、すぐに足が着くと思っていたのに、地面が意外なほど下にあって驚く。

「ちっ、やっぱり何か悔しいな……」

「何ダッテ？」

「何でもない。それより早くずらかろう。こっちの道を行けば森をまっすぐ抜けられるはず……」

「そっちは湖で行き止まりだ。危険だよ」

突然、山荘のほうから声をかけられて、逸郎とサーシャはびくんと振り向いた。ビロードのように優雅な闇をわけて現れたのは、茶色の髪に飴色の目の、典雅《てんが》な美貌の人だ。

「海石榴さん……！」

汐月氏の亡妻の弟で、今も氏から実弟同然に扱われている海石榴和泉という青年だった。この山荘で働いている者たちの統括のような仕事を——つまり秘密の売春宿の仕切りを——しているが、本来は繊細な文学青年で、気のやさしい人だ。

「行くのかい？　逸水さん」

和泉は逸郎を雅号《がごう》で呼んだ。サーシャは逸郎を庇いながら抵抗する気満々の構えだが、逸郎は、騒ぎ立てるでもない和泉の態度から、直感的に大丈夫そうだと悟った。

——大丈夫そうだ。この人なら見逃してくれる……。

「うん、悪いけど行かせてもらうよ。飛び出してきた故郷にはもう戻れないから、ここにご厄介になるしかないと思ってたけど、このサーシャが一緒にモスクワで暮らそうって言ってくれたから」

「そうか……モスクワまで逃げれば、田中さまの手も届かないだろうしね」

和泉が、枯れた下草をさくさくと踏んで近づいてくる。

「行く当てがあるのなら、そうしたほうがいい。近頃の田中さまは明らかに以前よりおかしくなっている。これ以上執着されないうちに、遠くへ逃げたほうが身のためだ」

「海石榴さん」

「残念ながら、君がここにいる限り、ぼくは君を守ってあげられないからね……」

和泉は無念そうに言った。確かに、この美貌の文学青年は、やさしいが強い人ではない。地位の高い、態度が傲慢で声が大きい相手に、雄々《おお》しく逆らえる人ではない。すでに血縁者もほとんどおらず、親代わりの汐月氏にも、意見ができる立場ではないのだろう。

だが今までできうる限りのことをして自分たちを守ってくれたこの青年を、逸郎は決して怨《うら》んではいなかった。

「これ、持って行って」

和泉の手から差し出される封筒を前に「いや、そんな」と躊躇していると、「いいから」と無理矢理押しつけられる。

「今月分の未払い給料に、少し色をつけてあるだけだ。持っていて邪魔になるものではないだろう?」

「あ、ありがとうございます」

「どこに行っても、絵を描くのだけは止めないでね。あんなことをさせていた身が言えることじゃないけど、君の才能は本物だから」

「……はい」

「アレクサンドル・グリゴリーヴィチ。どうか逸水さんをよろしく」

「モチロン。マカセテ」

「夜道を行くなら、こっちのほうが遠回りだけど安全だ。さ、早く行って！」

「ありがとう、海石榴さん」

今生《こんじょう》の別れは、慌ただしい握手だった。「幸せになって」という低い声での囁きには、口先だけではない真情が込められていた。

「あなたこそ、お幸せに！」

サーシャに手を引かれて走りだしながら、最後に、逸郎は和泉を振り向いて低く囁く。

遠ざかる、氷輪荘の灯り。

茂みを掻き分けて走る足音、森の匂い、夜鳥の鳴き声——。

この道の先にあるのは、天国か地獄か。

だがたとえ行きつく先が地獄でも、サーシャが行くというところへ、自分もついて行こう。

こんな他人の手垢《てあか》に塗れた俺を、命懸けで連れて逃げようと言ってくれる人に出会えただけで、自分はもう、充分おつりが来るくらい幸せなのだから——……。

＊　＊

そう考えながら目を開くと、朝が来ていた。

ちゅんちゅん、と小鳥たちが、可愛らしい歌声を鳴き交わしていた——。

目覚メロ、目覚メロ……。

オ前タチハ、コノ家ノ子――。

＊　＊

（……え……っ、と）

三輪は慣れない感触のベッドの上に、むくりと体を起こす。

閉ざしたカーテンの間から、すでに明るい陽《ひ》が差している。一緒に寝ていたはずの梓馬は、シーツのしわだけを残してすでにいなかった。どこからともなく漂ってくるのは、パンを焼く香りだろうか――。

（今度のは、嫌な夢じゃなかったけど……）

何だか変な夢だったなぁ……と首をかしげる。

早坂逸水にしろ逸郎にしろ、そんな名の人は、知らない。だけど夢の中の自分は、まるで乗り移ったようにその人になり切っていた。夢の中では、精神も記憶も容貌《ようぼう》の自認も、汐月三輪ではないまったく別の人間だった。

おまけに、ロシア人のハンサムな男性の恋人までいた。彼と手に手を取って駆け落ちしながら、自然に彼を好きだという気持ちを抱いていた。

その切ない感覚は、今も胸に残っている。

（……同性を好きになるって、感覚的には何も特別なことじゃないんだな――）

昨日の夕方に見た夢では、自分がひどく穢《けが》れた変態のような気分になったものだが、それは偏見に基づく間違った考えだと、つくづくとわかった。自分の夢に説教されたような気分だ。

「起きよう……」

反省する気持ちと共にもそもそと動き、半分手探りで着替えを探す。梓馬が起きているなら、すでに時刻はだいぶ遅いはずだ。

シャツを羽織りながら、改めて思う。それにしても、不思議な夢だった――と。

夢の中の自分――早坂逸水――に逃亡資金を恵んでくれたツバキイズミという人は、昨日の夢にも登場した。何だか、一編の映画をこま切れに見せられているようだ。


見せられている……何に？　誰に？


割り切れない気分で衣服を整えていると、思いがけずノックの音が響き、京が入ってきた。すでに完璧に身仕度を済ませている。

かちっと目が合い、三輪は驚いて背を伸ばす。

「お、おはよう京兄さん――……」

「おはよう、三輪」

顔に柔和《にゅうわ》な表情を張りつけて、京が挨拶を返す。

「よく眠れたようだな」

「ぼく……そんなに寝坊した？」

いつまでも寝ているのに焦《じ》れて起こしに来たのだろうか、と思いつつ問うと、兄は蕩《とろ》けるような――まったくこの兄らしくない――三輪が可愛らしくてならないかのような微笑《びしょう》を浮かべた。

「いいや。眠っているなら寝顔を見てやろうと思っただけだ」

「……」

三輪は思わず立ち竦んだ。まただ。またこんな、甘い言葉を――。

この兄はこんな性格《キャラクター》だっただろうか。三輪は戸惑い、驚きのあまり、たった今まで記憶していた夢の内容をすべて忘れてしまった。あとで調べてみようと思っていた名も、もう思い出せない。

「国崎が朝一番からパンを焼いてくれたそうだ。早く食べよう」

来なさい、とばかり手を差し伸べられて、三輪は困惑する。そんな弟を、京は「ほら」と促す。

「今のお前の目で、ひとりで階段を降りるのは危険だ」

「あ、明るいうちなら大丈夫だよ」

「駄目だ。ほら、おいで」

戸惑っているうちに、するりと腕を取られて寝室から連れ出された。「来い」ではなく「おいで」？

この兄が？　そんな物柔らかい言動をする人ではなかったのに――……。

「あの、にい、さ……」

「ほら、足元に集中しなさい」

「……」

そうして、兄弟はまるでパーティの来客の前に姿を現すセレブリティの夫婦よろしく、互いに腕を絡め合わせて階段を降りた。京の仕草はどこまでもやさしく、その体のぬくもりと匂いが、三輪に鮮明に伝わってくる――。

（ま、まただ……）

どきどきと、胸が高鳴る。

いや、高鳴るというのは少し違うかもしれない。この昂揚《こうよう》感は、楽しみにしていたアニメの放送が始まる直前とか、愛読している雑誌の最新号の発売日の前夜とか、そういう時に感じる、明るい期待感に満ちたものではない。

これは、何か後ろ暗くて、淫靡で、必死で隠さなくてはならないようなものだ。こっそりと、ひとりで、真夜中にベッドの中で思うようなことだ――。

（ぼく……何、を……）

　思い浮かべたくもない結論が浮かびかけ、三輪が蒼白になった瞬間、キッチンから滑り出てくるように国崎摂子が現れた。

「おはようございます、京さま、三輪さま」

　相変わらず作ったような表情が目につく、そつのない、だが内心の読めない愛想の良さだ。三輪は記憶を失う前は旧知であったらしいこの女性を、何となく苦手に感じた。何か不愉快なことをされたわけでもなく、むしろ入院中から掃除洗濯料理と世話になりっぱなしで、そんな風に感じるのは恩知らずだとは思うのだが――。

「お、おはよう国崎さん――……あの……」

　梓馬は？　と問う。あの破天荒なほど陽気な義弟の顔を見れば、この変な気分も切り替わるだろう――と考えたのだが。

「梓馬さまなら、すでにお発ちになりました」

　意外な答えが返ってくる。

「――発った……？」

「はい、朝の六時きっかりに東京へお発ちになりました」

三輪は振り返って壁の時計を見た。骨董品の柱時計が指し示す時刻は、八時――。

（そんな）

さっ、と血の気が引くのがわかった。梓馬がいない――ここには、もういない……。

「三輪！」

何も言わず、玄関から走り出ていた。そこに停《と》まっているはずの車がないのを見て、頭の中が真っ白になる。

「三輪っ、待ちなさい！」

しゃにむに駆け出そうとしたところを、後ろから抱きつかれ、止められる。三輪は「やだっ」と子供のようにもがき、その腕を振り払おうとした。

「やだっ、兄さん、離して！」

「馬鹿、そんな目でどこへ行くつもりだ！」

「だって梓馬が――！　あの子がぼくから離れるなんて、そんな……！　そんな……！」

「梓馬は最初から一泊で帰京する予定だったんだ。今頃はもう銀座に着いている。あいつには、お前に代わって画廊の経営を切り回す仕事があるんだ。諦めなさい！」

「やだぁ！」

めちゃくちゃにもがいて叫びながら、いったい何がそんなに嫌なのか、三輪自身にもわからなかった。

梓馬はもう、小さな子供ではない。自分同様、とうに成人し、仕事を持つ身だ。そのことはもう充分に理解している。

ただ梓馬と離れるのが、どうしようもなく悲しかった。体の半分を、千切り取られたような気がした。滅多《めった》にわがままなど言わない、「聞き分けのいい汐月家の三っちゃん」だったはずの自分なのに、なぜか今だけは、泣きながら駄々をこねずにいられなかった。

あの修学旅行前夜の梓馬のように――。

「嫌だ嫌だ嫌だ、梓馬、梓馬、梓馬っ！」

突然響き渡った号泣《ごうきゅう》に、小鳥たちが驚いたように梢から飛び去っていく。

「梓馬のところへ行く！　ぼくも東京へ帰る！」

「三輪っ……！」

そんな弟を、京の双腕が無理矢理抱きしめる。

「駄目だ、お前は来週まで、わたしと過ごすんだ。ここで、来週また、梓馬が来るまで――」

「やだ……っ、離して兄さん！　ぼくは梓馬がいい！　梓馬と一緒にいたい！　離してぇ！」

ぎゅっ、と腕に力を込められる。

刹那、三輪はうなじに熱した鉄でも押しつけられたかと思った。それほどに熱い感触が触れた。途端に、三輪の膝から、かくん、と力が抜ける。

——えっ……。

肉体が感じたものを、しばらく心が感知しなかった。

認めたくなかったのだ。

兄にキスをされたのだ、ということを。

そして兄の唇に触れられた刹那、その熱さに、たまらなく甘い疼《うず》きと痺れを覚えたのだ、ということを——。

「三輪——行かせない……」

兄の唇が首の後ろにぴたりと触れたまま囁くのを、三輪は茫然と座り込んだまま感じていた。

＊　＊

目覚メロ、目覚メロ……。

オ前タチハ、コノ汐月ノ家ノ子。

穢レヲ知ラズニ生キルコトハデキナイ体——。

摂子のパン作りの腕前は、大したものだった。絹のようにきめ細やかで、手で裂いた生地が糸を引くように伸びる。発酵《はっこう》がうまくいっている証《あかし》だ。焼き立てということもあるだろうが、普段、汐月家がひいきにしている一流店のものよりも美味しく感じる。

「京さま、コーヒーのおかわりはいかがですか？」

摂子がサーバーを手に、にこやかに勧めてくる。黄色いひよこ柄のエプロンが、艶《あで》やかな大人の女性の色気と、奇妙なちぐはぐさを見せていた。

「ああ、もらおう。今度はミルクも砂糖もいらない。国崎のパンが美味《うま》くて、つい食べすぎてしまったからな」

「まあ」

滅多に人を褒《ほ》めない京に美味いと言われて、さすがの摂子も素直に嬉しさを表している。

三輪は上目使いにふたりを見ながら、困惑した。

(このふたり、いったいどういう関係なんだろう。摂子さんを最初にスカウトしてきたのは京兄さんだって聞いたけど、恋人同士だってことはないのかな――……)

そうであってもおかしくないはど、ふたりの間に漂う空気は親密だ。それなのに京の腕は、彼女ではない人間を抱いている――。

「ちょ、兄さん……」

「どうした、三輪？」

聞いたこともない甘い美声が、間近で囁く。

三輪は今、椅子《いす》にかけた京の膝の上に座らされ、背後から抱きすくめられていた。まるっきり二歳児に食事をさせる父親の図だ。兄は今朝、梓馬を追って東京へ戻るとぐずる三輪を引き留めて以来、腕を離してくれない。三輪が泣き止むまでぎゅっと抱きしめ続け、泣き止んで落ち着いてからも、膝の上に乗せたまま、甘いカフェオレを手ずから飲ませる始末だ。

何かと甘すぎると非難された三輪ですら、梓馬にここまでしたことはなかった。いい年をした兄が、それほど年が離れてもいない弟相手に、何をやっているのだ――。

「せ、摂子さんが、見てるじゃないか」

本当に一番困惑しているのはそこではないのだが、三輪はとりあえずそう言ってみた。記憶にある限り、京はとても折り目正しい人だったから、他人の目を気にするはずだ。

だが京はごく真面目な調子で「気にするな」と告げ、三輪の口元に千切ってジャムをつけたパンの欠片《かけら》を持ってくる。もっと食べろ、というのだ。

「国崎はわたしたちが何をしていても、平気でいられる女だ」

「そ、そんなのって、失礼なんじゃ……」

奴隷のように意思のない存在だ、という意味に取られるのではないかと三輪は案じたのだが、

「京さまのおっしゃる通りですから、三輪さま」

摂子は相変わらず、得体の知れない笑顔で告げた。

「もう慣れておりますわ。わたくしがお会いした時、すでに京さまは三輪さまを溺愛なさっておいででしたから——ご存分にどうぞ」

「……」

三輪は再三のことながら、今度も困惑せざるを得なかった。やっぱり、この国崎という女《ひと》のことは、よくわからない。それに、どうして、いつ、自分と兄はそんなことに……？　三輪の記憶にある兄は、義弟の梓馬はもちろん、実弟の自分に対しても割と冷たく、距離を取る人だったはずなのに——。

（そりゃ、昔から父親みたいに庇護的なところはあったけど……）

考えられるのは、三輪が目を病んだことで、あるいは記憶喪失になったことをきっかけにして、何か変なふうに父性に火がついてしまった——という可能性だ。病気や事故に相次いで見舞われた三輪が可哀想になり、突然無性《むしょう》に愛おしくなった、とか——。

（でもそんなことって、ありうるのかな？）

駄目だ。想像できない。荒唐無稽《こうとうむけい》すぎる。どちらかといえば空想的で夢見がちな三輪が考えても、この冷徹な兄に、そんなことが起こりうる可能性は、かなり低いような気がする。

それに、もしそうだとしても、この甘やかしぶりは異常だ。たとえ恋人ができたとしても、「ハイ、ダーリン」「何だいマイハニー」みたいなことは、とてもしそうにない人だったのに……。

「ほら、もっと食べなさい」

兄の長い指に摘まれたパンを唇に押しつけられ、低く艶のある声で首の後ろから囁かれて、三輪は体の芯から震えがきた。駄目だ。この声だけは駄目だ。まったく何の抵抗もできなくなってしまう。腰が砕けて、もう立てない――。

きっとあの時――今朝、たまたまうなじに唇が触れたあの時、知られてしまったのだ。どんなに駄々っ子のようにむずかっていても、そうすれば三輪は大人しく、言うことを聞くようになる、と。だから兄はこんなことをするのだ。そうでなければ、実の弟にこんな風に意味ありげに触れるわけがない――。

「口を開けて、三輪」

三輪は促されるまま、震える唇を開いた。兄の指先ごとパンを押し込まれ、舌に触れられる。一瞬だったが、ねっとりとした指使いで、舌先と前歯を撫でられた。

「……！」

京に伝わってしまう。

それがわかっていたのに、三輪はみっともなく慄かずにはいられなかった。

京はただ自分をいたわってくれているだけだ。実の兄弟で、それ以上のことなどあり得ない。あり得る、わけがない。

（し、鎮《しず》まって）

三輪は自分の体に懇願した。

（お願い、鎮まって――！　知られてしまう。こんな風に反応してるって、知られてしまう……！）

頬が熱くなる。動悸《どうき》が速まる。息が荒くなる。唇が震えて、乳首が痛いほどに張りつめる。

勃起するのも時間の問題だ。嫌だ、もしそんなことになったら……それを兄に知られたりしたら、自分は――。

身を縮めて顔を赤らめている三輪を、兄の眼鏡ごしの目が見つめる。

その目は、奇妙に満足げだ――……。

「三輪」

ぽん、と肩を叩かれた。

「少し、散歩に行こうか」

気安げなその声に、三輪はほっとする。

ようやくこのわけのわからない状態から解放してもらえる。そう安堵した。

だが「うん」と返事をしつつ覗き込んだ兄の目は、その奥に、変わらずねっとりと熱い、病み熟《う》んだものを宿していた――。

美しく木漏《こ》れ《も》日の揺れる森の中の道を、三輪は京に手を繋がれ、引かれて歩いた。

京の手は、大きく熱かった。意外なことに、梓馬のそれよりも。

梓馬はいかにも肉体労働に慣れた大人の手という感じに筋が張って引き締まり、表面が硬く、少しかさついていた。だが京のものは、ペンより重いものを持ったことがないかのように、ささくれひとつなく、優美で、爪の先まで完璧に整えられ、感触も柔らかかった。

「兄さん、あの……」

「どうした？」

「手……離してくれないかな……」

「どうして？」

兄は弟を顧《かえり》みて、心底不思議そうに言った。

「危険だろう？　ここは屋内と違って木の根だの石だの、障害物だらけなんだぞ」

「あの……でも、何か、こんなの、変、だし……」

いい年をした兄弟がふたりで手を繋いで歩くなんて、どう見ても変だ。しかも掌《てのひら》を合わせて指を絡めるこの繋ぎ方は、いわゆる恋人繋ぎと言うのでは……。

だが恥じて身を縮ませる三輪の困惑を、京はにべもなく遮《さえぎ》った。

「誰も見ていないからいいじゃないか」

さわやかに断言されて、絶句する。

そういう問題じゃない、と三輪は抗議したかったのだが、兄はもう聞く耳を持ってくれなかった。ぎゅっと手を握られ、力強く引かれて、森の中の小道をどんどん歩かされて行くさまは、まるで飼い主に連れられる犬のようだ。

頭上では、名も知れない多くの鳥たちが、それぞれの歌を鳴き交わしている。梢は風に揺れ、空気は新緑の匂いだ。

（でも……）

到底、三輪はさわやかな気分にはなれそうになかった。兄は何を考えているのだろう。いったい、ぼくをどうしたいのだろう。昔と違ってやさしくなった、と内心喜んでいたのに、どうやらそうではないことが、ここにきて何となくわかってしまった。

首の真後ろに触れた唇の感触が、火傷《やけど》をしたようにまだ熱く残っている――。

（兄さんは、やさしくなったんじゃない。意地悪になったんだ――）

三輪をからかい、弄り回して遊んでいる。突然、素《す》っ頓狂《とんきょう》なことをして、三輪を狼狽させ、愉しんでいる。

「兄さん」

「何だ」

「……ぼくをどこへ連れて行く気？」

ざざざ、と梢が鳴る。

嫌な予感がする。猛烈に嫌な予感が。

考えてみれば、昨晩の兄と梓馬の会話も、何かおかしかった。手を出すの出さないのという話を、三輪は何となく「殴る蹴る」のほうだろうと思っていたのだが、この兄がそんな粗暴なことをするさまは、どうにも想像しにくい。「三輪を苛めるのが大好きだった」と梓馬が言うそれは、もっと陰湿で不穏で、底意地の悪いものだったはずだ――今朝、三輪のうなじに悪戯をして、驚かせたように。

（――もしかして兄さんは、何か変な性癖に目覚めてしまったんじゃないだろうか。それもちょっと想像がつかないけど、大人になってから突然ぼくが可愛くてたまらなくなった、なんてことより、よほど現実にあり得そうな気がする……）

「ねえ、ぼくをどうする気？」

明らかに自分を疑っている実弟の声に、京は足を止め、振り向いた。

その唇が、妖艶《ようえん》な形に吊り上がる。

「来ればわかる」

「……」

「そんな顔をするな。何も取って食おうというのじゃない」

くすくす……と笑う声。

「う、嘘。絶対に何かする気だ」

三輪は怖気《おぞけ》上がり、足を止めた。

「兄さんは、変だ。さっきからぼくに、変な風に触れたり、意地悪なこと言ったり……」

抵抗して引き返そうとする三輪を、

「いいから、おいで」

京は穏やかに、だが強引に引き戻した。

そして三輪の手ではなく、腰をしっかりと抱いてしまう。

「大丈夫だ、約束する。お前が嫌がることはしない」

「じゃ、じゃあすぐ、この腕離してよ――！」

「駄目だ。お前は今、心からは嫌がっていないだろう？　だから止めない」

「――……！」

どういう理屈なのだ、それは。

言葉を失った三輪をしっかりと抱き寄せ、京はまた、森の中の道を歩き始めた。

兄はポケットから取り出した針金一本で、かちん、と錠前を開いてしまった。

何でそんなことができるんだ、と三輪が呆れて見ていると、京はその視線に気づき、「別に、悪事を働くために身につけたわけじゃないぞ」と、しゃあしゃあと言ってのける。

「じゃあどうして――」

「梓馬に――あいつにできて、わたしにできないことがあるのが我慢ならなかったからな」

「梓馬に、って……」

「それより、さあ」

キィイ……と音を立てて扉が開く。

「入りなさい、三輪」

そこは、湖のほとりに建つ小さなログハウスだった。瀟洒《しょうしゃ》な造りながら今は使われていないらしく、少ない家具調度《ちょうど》のすべてに埃《ほこり》よけの布がかけられている。

「ここ……何？」

小屋の中を見回しながら尋ねる三輪に、京はソファにかけられた布を取り払いながら答えた。

「元は近在にあったペンションのボート小屋だそうだ。一時期、梓馬が住み込みのバイトをしていた」

「梓馬が――……？」

あの弟が、ここで……と、思わず感慨深くなり、湖面を見渡せる窓辺まで歩み入ってしまった三輪の背後で、かちりとドアの錠が下ろされた。

はっ、と息を呑んで振り向いた三輪に、兄の腕が絡みついてくる――。

「兄さ……！」

わけもわからないうちに、抱きすくめられた。ほとんど同時に、何か弾力のあるものの上に押し倒される。

ギュッ……と、背の下で音がする。安っぽい合成皮革《ひかく》の音。薄っぺらいウレタン一枚隔てただけの、バネの感触。

「三輪」

兄が、喉元で囁く声――。

「……ッ、兄さん、何――」

自分はソファに押し倒されたらしい、とようやく三輪は理解した。

「思い出せ」

傲慢に命じるような、それでいて哀願するような、複雑な響きを持つ声音。

「お前はここで、あいつと……あいつと、初めて――」

「な、何……？」

「思い出せ、三輪。ここはお前にとって、大切な思い出の籠《こ》もった場所のはずだ」

懇願するかのような、兄の声。

その瞬間、脳裏に雷《らい》のように兆したものがある。

――三輪……好きだ。

切羽《せっぱ》詰まった男の声。小屋を押し包む、嵐の音。そして汗ばんだ熱い肌を押しつけ合う感触。

部屋は暗かった。いや、三輪はすでに目を病んでいて、多少灯りがあっても何も見えなかっただろう。鼻先にいる相手の顔も見えないまま、三輪は若い腕の中で裸体をさらして踊り狂い、汗を滴《したた》らせ、体を貪られて淫らに喘いだ。

怒涛《どとう》のように、内から何かがよみがえってくる。三輪は呼吸すら忘れ、自身の記憶の中で目を凝らした。

（誰……？）

あの嵐の夜、ここでぼくを好きだと告げ、ぼくを抱いたのは。

誰……？

――何で俺のこと忘れちゃったんだよぉ、三輪ぁ――！

突如として、脳裏によみがえる声。

あれは――梓馬の声だ。

事故のあと、意識を取り戻してすぐ、医師の診察を受け、どうやら十二、三歳以降の記憶が欠落しているようだと診断されてすぐのことだ。

京の手で自分から引き剝《は》がされ、病室から連れ出されていく梓馬を、まだ彼が小さかった義弟と同一人物だと理解していなかった三輪は、茫然と見送った。病室のドアがばたんと強めに閉ざされ、その向こうから、京の声がした。

――三輪を困らせるんじゃない、梓馬。

誰かを叱りつけているかのような声音。

――駄々をこねて何になる。記憶を失ったことに、三輪には何の責任もない。それくらい、お前にもわかっているだろう。

――……わかってるよ！　だけど……！

言い争うような不穏な声があまりに気になって、三輪はそろりとベッドから降りた。頭に巻かれた包帯が少し気になったが、動くことができた。薄くドアを開き、その間から兄弟たちの姿を覗き見る。

白々と無機質な電灯が照らす廊下で、梓馬は気丈な京とは対照的に、がっくりと項垂れ、へたり込んで子供のように嗚咽《おえつ》している。

――何でだよ……。何であんたのことはすぐにわかったのに、何で俺のことがわからないんだよ！

そんなのって……そんなのって、あるかよ！

その痛々しい姿と声に、さすがに何もわからないなりに、三輪は胸を痛めた。

京は義弟を、冷徹に見下ろしている。

――三輪が中学生だった頃には、お前はまだ小学生だったが、わたしはすでに高校へ進学していたからな。記憶に残っている背格好が、今とあまり違わないこともあるだろう。

慰めているというよりは、突き放しているような声音だ。

――ああ……あんた、あの頃から老《ふ》け顔だったからな――。

梓馬が茫然としたまま、それでも義兄への嫌味を零した。ふたりの仲は、相変わらずあまり良くなさそうだ。

義弟の嫌味を受け流そうとしてか、京は内ポケットを探り、煙草を一本取り出して、それからようやくここが病院だと思い出したらしく、火をつけないまま指先で弄《もてあそ》んだ。彼も彼なりに動揺している様子だった。

――とにかく……しばらくは、なるべく刺激しないように、静かな環境で暮らさせるしかない。お前も余計なことを言って、三輪を混乱させるんじゃないぞ。

――……ッ……。しばらくって、いったいいつまでだよ――……。

――そんなことがわかるか。すべては三輪の快復次第だ。

最悪、一生このまま、ということもありうる――と聞いて、梓馬は顔色を変えた。

――あんた……それでいいのかよ？　三輪に、あのことを忘れられたままで？

――そんなわけがあるか。

一見平静な京も、さすがにこの状況に疲労を感じたらしく、背中からどん、と壁にもたれかかる。

――だが今の三輪は思春期の子供同然だ。そんな状態のところに、あれを――……あんなことを教えるわけにはいかんだろう。いくら何でも、衝撃が大きすぎる……。

――それは……。

梓馬が頭を抱えた姿勢のまま、息を呑んでいる。認めたくはない。考えたくもないが、確かにそうだ――と、愕然とした顔だ。大きな葛藤が目の前にあることに、やっと気づいた――という顔だ。

――いいな、梓馬。

京が釘を刺す。

――お前のことは、いけ好かないと思いながらも、これまでは仕方なしに認めてきたが――三輪を傷つけるような真似をしたら、絶対に許さんぞ。

――…………わかった。

苦渋に満ちた声で、義弟は応えた――。

三輪がこの時のふたりの会話を忘れていたのは、記憶を失った直後の混乱状態のまま、わけもわからず聞き耳を立てていたからだ。あの時の三輪にとっては、意味の通らない言葉も多かった。

――でも、今はわかる……。

「ぼくは……ぼくたちは、恋人同士だったの？」

三輪は兄の体の下から、声を上げた。

「ぼくと梓馬は」

「……」

「病院で言っていた、あのこと、あのことって……その、ぼくとあの子が、セ、セックス……してた……って、こと？」

まだ具体的なことははっきりと思い出せない。だけど、快楽に翻弄され、男の欲望の仕草に対して大胆に体を開き、受け入れていた感触はよみがえった。

京は繊細なローティーンの少年に戻ってしまった三輪が、その記憶で傷つくことを案じ、真実を伝えるのを躊躇していたけれども——。

（大丈夫だ）

その相手が梓馬だったことには驚いたし、少し胸はどきどきしたけれども。

（大丈夫だ。ぼくだってもう、小さい子供じゃないんだから……）

大丈夫だ、受け止められる。今の三輪は、兄が思っているよりも大人だ。義弟とすでに普通の健全な兄弟ではなかったことはショックだけれども、男同士で、しかも義理とはいえ兄弟で愛し合っていたというのなら、きっと互いにそういう気持ちになるだけの経緯があったのだろう。

兄は黙《もく》したまま答えない。ただじっと、三輪を抱きすくめ、実弟の細い肩に顔を埋めている——。

「兄さん……」

それでもその無言の雰囲気から、兄が内心、義兄弟間の関係を祝福していないことは察せられた。

でもこれで、ようやくわかった。京も梓馬も、ずっとどこか奥歯にものが挟まったような物言いをしていた理由に、ようやく納得が得られた。昨夜《ゆうべ》、梓馬が三輪の裸体を見たことに困惑し、添い寝を嫌がるふうに見えたのも、梓馬と触れ合う三輪を見て、京が不機嫌になるのも。

すべては——。

「ぼくと梓馬が恋人同士で、でもぼくがそれを忘れていることが原因だったんだね」

そう告げると、兄の体がびくりと震えて固まった。無言だったが、きっとそれが答えだ。

「京兄さん、ごめん」

三輪は下から両腕を上げて、兄の首を抱き寄せた。

「ぼく……今の兄さんが、ぼくが記憶している兄さんとあんまり違うから、気持ち悪……いや、その……少し困ってたんだ」

「……」

「でもそれは、兄さんの思い遣りだったんだね。ぼくに梓馬とのことを思い出させるための……」

腕にぎゅっと力を込め、兄のやさしさへの感謝を表す。そして心の中で謝る。

——変な性癖に目覚めたのかも、なんて、疑ってごめん……。

「兄さん、ありがとう。ぼくは——……」

顔を見て感謝を述べよう、と思い、三輪は兄の体を押し上げようとした。だが京は、しっかりと三輪を抱きすくめ、押し潰したまま動こうとしない。

「兄さん——？」

「三輪」

突然、微動だにしなかった兄が動いた。と思った瞬間、京のしなやかな手が三輪の顎を掴み、仰のかせる。

「な……」

何するの、と問おうとした時、三輪は唇が塞がれる感触に目を瞠った。

——ざっ、と風が騒いだ。

湖面がさざ波立ち、窓ガラスが揺れる。

「う……」

うかつに半開きにしていた唇を割って、兄の舌が絡みついてくる。

（な、何、どうしたの……？　何が起こってるの……？）

キスされている……？

兄の京に、キス、されている……？

しかもこれは、挨拶や親愛を表わす程度のキスではない。兄の体の一部が三輪の中に入り、粘膜《ねんまく》の熱さが生々しく触れ合って、混じり合う、本格的な情事のキスだ……。

「に……い、さん……、や、だ……！」

三輪は嫌がって首を振り、肩の服地を摑んで京を引き剝がそうとした。だが体格も、単純な腕力も兄のほうが強い。振り払っても振り払っても、顔を引き戻され、また熱い感触を浴びせられる。

「……っ……」

それに……体の奥から湧いてくる、この感覚は――。

ふつふつと滾るような、ずきりと腫れて疼くような、淫らな脈動。それが三輪の力を最後の一片まで奪い尽くした。体が痺れ、兄の肩を摑む指が、少しずつほどけてゆく。

どうしよう。どうしたらいいのだろう。激しく震えながら、三輪は思った。拒まなくちゃいけないのに。だって、ぼくたちは兄弟で……血の繫がった、本当の兄弟で。こんなことをして、気持ち良くなってはいけない関係なのに――……。

「ふ、はっ……」

慄く三輪から、ようやく唇が離れる。三輪はしっかりと止めていた――兄の匂いを吸い込んでしまうから――息を継ぐために、深い水底《みなそこ》から浮上したように喉を反らして喘いだ。唇の端と兄の舌先を結んで、銀色の糸が垂れているが、構う余裕などない。

「三輪」

掠れる声が囁く。

「わたしのものになれ」

「にい、さ……！」

「今度こそ、わたしの……わたしだけのものになれ——！」

熱風のような声だった。三輪が知る常に冷たい顔をした兄とは、まったく違う男の声だった。

その声が、三輪の、心の奥へと繋がるドアを叩いた。開け、とばかりに。

——わたしのものになりなさい、三輪——。

きぃぃ……と、ドアの開く音がする。

昏く深い闇に満たされたその奥から、今よりも少し若く、まだよそよそしかった頃の兄の声が響いた。

聞いたことがある。

自分は、この声を、この言葉を聞いたことがある——。

今、生々しくよみがえろうとするそれは、禁断の記憶だった。

＊　＊

そこは、墨《すみ》を流したように重く濃い、暗闇に閉ざされた空間だった。

——あの夜。数年前の、あの夜……。

ベッドに押し倒されて口づけられたあと、三輪は兄の着ていたガウンの帯で、両手首を束縛された。そしてそれを、天蓋を支える柱に不自然についた鉄輪に繋がれた時、ようやく三輪は、この人里離れた山中の別荘の正体を知ったのだ。

ここは、自分を閉じ込めるために兄が整えた、美しい檻《おり》なのだと。

——に、い、さ……！

裸にむかれた体に食らいつかれ、下肢を貪られながら、三輪はまだ信じられない思いでいた。まさか兄が、こんなことをするためにこの家を——氷輪荘を改築しただなんて、今の今まで思いもよらなかった。

すべては、三輪を手中に収めるためだったのだ。実の弟を、誰にも知られずこんなふうになぶるための罠《わな》だったのだ。大正時代、周辺の開発計画が挫折したために山中の一軒家として残ってしまったこの山荘は、人々の耳目《じもく》から三輪を隔離するためには、うってつけの場所だったから——。

——や、やめて……お願、いっ……。

涙を流して懇願したのに、京は三輪の性器を解放してくれなかった。手で根元をきつく縛められながら、先端から茎までしゃぶられ、すっぽりと口で包まれては吸い上げられる。実兄の口の中で達したりできるものかと必死で堪えても、京の巧みさにはとても敵《かな》わなかった。

——……おいで、三輪。

先端をちゅっと吸って、兄は言った。

——我慢などしなくていい。出してわたしを穢せ——梓馬にしてやったように。

——あ……ああっ……。

若い雄《オス》の体が、他人の舌の刺激を先端に感じて、出したい、とびくびく震える。それでも堪える三輪に、京は邪《よこしま》な笑みを漏らした。

——あいつに許したものを、わたしにはくれないつもりか？

——や……っ、だ……。

——そうやって、何を守っている？　自尊心か、貞節か……それとも、愛……か？

——……っ。

——義弟《おとうと》と寝た身で、今さら何を守るものがある。三輪……綺麗ぶるのはよせ。

——にい、さっ……。

——さっさとわたしを穢せ。梓馬にしてやったように、わたしを共犯者にしろ。梓馬に……あんな若造《わかぞう》に、お前を独占させてたまるものか——……！

——ッ……！

声にならない悲鳴を放って、三輪は強制的に上り詰めさせられた。その白い迸《ほとばし》りは、兄の唇に飛び散り、兄の怜悧な頬を汚した。

——三輪……。

羞恥《しゅうち》と屈辱に震える三輪の先端から指で拭ったものまでを愛しげに舐めとり、京が体を起こす。

膝頭と内腿《うちもも》に口づけられながら両脚を開かれ、唾液《だえき》で濡れた指が、その奥に潜《もぐ》り込んでくる感触を、三輪は絶望の底で感じ取った。

——ふっ、く……。

もう、拒めない。

愉悦に負けて実の兄を穢した今、三輪はもう、清い体ではなかった。それを、自分で感じ取った。

——本当は、あの瞬間、舌と指の刺激だけで達したのではなかった。梓馬に嫉妬する京の激しさに触れて、心が感応《かんのう》してしまったのだ。その事実を突きつけられて、三輪の中の何かが——壊れた。

——ア、アア……ッ……。

そして一度壊れたものは、三輪がどれほど懸命に繋ぎ止めようとしても、幾度も幾度も壊れた。兄の指使いに中から前立腺を弄り回されて達し、指を抜かれる刺激にまた勃起して、ほぐれた蕾に熱く硬い先端を突きつけられただけで、期待に胴が震え、半勃《だ》ちのつぼんだ先から透明な粘液が滲み出て、だらしなく垂れ落ちた。

――淫乱。

京の声が、鼻を鳴らすように罵《ののし》る。獲物を捕らえて、悦に入った獣のように。

――だが、たまらなく可愛い。

まだつぼんでいる孔《あな》を押し広げるように、熱いものが入ってきた。梓馬の時にも味わったその感触は、だが今度は実の兄のものだ――。

――ア……ッ。

三輪は手を縛める帯をぎりりと鳴らして、体を反らす。

その天を突く胸の頂点が、痛いほどしこっている――。

――あ……ず、まっ……！

助けて。

三輪は涙の中で、この時行方も知れなかった義弟の――恋しい男の名を呼んだ。

――たす、けて……！

ぼくは穢されてしまう。穢してしまう。兄弟で交わり、感じ合うという、人間が決して犯してはならない罪を犯してしまう。

お前を想い続ける資格を、失ってしまう――！

――助けて、助けて……！　梓馬ぁっ……！

――……ッ……。三輪……っ。

兄が三輪の両脚を担いだ姿勢で、覆いかぶさってくる。

めりめりと、三輪を自分のかたちに押し広げながら……。

――そら……全部入った。

荒い息で肩を上下させながら間近で囁かれて、三輪は「う」と呻く。

腰の奥で脈打つ、熱くて硬い、そして途轍《とてつ》もなくむごい、楔《くさび》のようなかたちをしたもの。

それが何か、そしてそれを体の中に入れられる行為が何を意味するか――三輪はすでに、その血肉で知っている。梓馬にはおずおずと迷いながら、でも自らの意思で捧げたものを、この兄には無残に強奪されてしまったのだ――。

虚空《こくう》に見開いた目から、たらり、と涙が流れた。

――今から、わたしもお前を穢す。

兄の非情な宣告が、そんな三輪に上から降ってくる。

――そうすれば、わたしたちは永久に結ばれる。

汐月家の血の、汚れた絆《きずな》で――と告げられて、涙で濡れた目を逸らす。

――やめて……。

何の制止にもならない哀願を弱々しく口にする実弟の顎を摑んで、京は、顔を背《そむ》けることも許してくれない。

――感じるんだ、三輪。

力を込めて、奥を突かれる。

――アアッ……！

むごいほど深く抉られて、ぶわりと湧き上がったものに、体が魚のように跳ねる。全身が紅潮して、汗が噴き出し、一瞬にして乳首が痛いほどにしこる。嫌だ、と三輪は首を振った。嫌だ、どうして……こんな無理矢理な行為に、この体はこんなに反応してしまう……？

必死に淫らな悦びから逃げようと苦悶する三輪を見降ろしながら、京は腰を使った。

――そうだ、お前の……一番淫らで、貪欲な姿を、わたしに見せろ。梓馬に見せたのと同じ……いいや、それよりも、もっとずっといやらしい姿を――本能のままのお前を、見せろ。

ずるずると動かれる。硬く張り出した先端のえらで奥を掻き回され、突き上げられる。胸の尖りを摘まれてこねられ、わけがわからなくなった。

――アッ、アアアッ、嫌だ、嫌だ……やめ、てえ……！

いや、ひとつだけわかる。

はっきりと、わかる――。

兄の辱《はずかし》めに、三輪の中に潜《ひそ》む、何か淫らなものが頭をもたげ始めているということが。

本当の兄弟同然に育った義弟に肌をさらした時にも感じた、あの背徳感の裏にべったりと張りついている、理性を駆逐《くちく》する邪悪な悦びが、今もまた、起き上がりつつあるということが――。

――にい、さ……ああっ、兄さん、だめ……！

もうこれ以上は――と懇願する実弟に、

――駄目じゃない。

激しい動きとは裏腹な冷酷で静かな声で、京が宣告する。

――今のお前は最高に美しい顔をしている。犯されて、苛められて、その屈辱の中で泣きながら喘ぐ――理想的なほど愛らしいのに、それを隠そうとするな、三輪……。

――ヒ……イッ……！

――達《い》け。

空を蹴るほど高く揚げられた両脚の間から、兄の声が響く――……。

白い体がのたうち、手首を縛った帯が、ぎゅぅっ……と鳴った。京の腹筋に真珠《しんじゅ》色の液体が弾け、腰の奥で、京の熱もまた弾ける。

高く高く、掠れる悲鳴――。

ハァハァと荒い呼吸に混じるのは、嗚咽だ。

ずる……と引き出される感触に、とどめを刺される。

弟の飴色の目から零れる涙にじっと見入りながら、京が告げた。

――わたしの三輪――。

――……っ……。

しゅっ、と音がして、両手首の拘束が解かれる。それでももう三輪には、兄に摑みかかるような気力はなかった。

ただ、死んだように目を見開いたまま、横たわっているばかりだ。兄の粘りつくような目が、そんな三輪を見降ろし、全身を舐め回している……。

――お前を、もっともっと、抱かれて狂う体にしてやろう。

三輪から離れた兄がベッドを降りる。ぎしっ……と軋む音がして、それほど間を置かず、また戻ってくる。

まったくの裸。その手には、掌に持ち重りがするほどの大きさの、クリスタルの輝き。

ぼんやりと、男根の象《かたち》をしていることがわかるそれに、京はボトルから粘液を、たっぷりと振りかけた――。

――この兄から、ずっと……死ぬまで離れられない体にしてやろう――。

その呟きを注ぎ込むように、兄は三輪の唇を柔らかく食《は》む。

ねっとりと粘液をまとったものが、押し当てられる。

──ア……!


まだ兄の生身の熱さを忘れていない蕾に、氷のように冷たい、ガラスのディルドがねじ入れられる。

その、酷《むご》いほどの硬さ──!

三輪は、自分が兄の手に落ちたことを知った。

ピンで止められた蝶《ちょう》のように──。


オ前タチハ、コノ家ノ子──……。

＊　＊

かくん、と力の抜けた体を、京の腕が支える。

湖からの風に、がたがた、と窓ガラスが揺れた。

その音に、三輪は白昼夢から醒《さ》めたことを知る。

「ひ……っ、く……」

兄の腕に抱きかかえられたまま、三輪は子供のようにしゃくりあげた。

「にい、さ……」

ひどい、どうして──と怨みの目を向ける。

その目元に、京は唇を寄せ、ちゅっ、と涙を吸い取った。

兄の手は、まだ下着の中だ。三輪が漏らした恥ずかしいものが、その掌をねっとり濡らしている。

瞬間、三輪は混乱した。どちらが現実で、どちらが夢だったのだろう……？

「三輪……」

その声は、たった今まで見ていた白昼夢の中で聞いたものと、寸分たがわない。

魅惑的なほどの深い響きの中に、残忍な喜悦《きえつ》と、禁忌を犯して片鱗《へんりん》も悔いない狂気が潜む声――。

「わたしの、三輪……」

その昏い声は、耳に注ぎ込まれるや否や、三輪の脊髄を電流となって駆け降り、三輪の体のすべてを――細胞のひと粒まで支配した。

そして動けなくなった三輪は、ゆっくりと降りてくる京の唇を、身じろぎもできずに受け入れた。

――どうして、ぼくにこんなことをするの……。

声にできなかった問いを、ほろほろと、涙にして零しながら――。

◇　◇

車の音が聞こえた瞬間、三輪は部屋を飛び出した。リビングにいた兄に、「あぶない！」と叱られたのにも構わず、階段を駆け降り、玄関から飛び出す。

「梓馬！」

「三輪ぁ！」

運転席から手が振られる。次兄が駆け寄るのを見て、梓馬はエンジンを止めないまま、車から飛び降りてきた。

三輪は、義弟の胸に飛び込んだ。梓馬はそれを、堂々と正面から受け止めてくれる。

「三輪……先週はごめん。黙って帰っちまって――」

「そうだよ梓馬、ぼくがあのあと、どんなに――……！」

「ごめん」

ぎゅっ……と、義弟の腕に力が籠もる。

「ごめん、あの時は――……俺に縋ってくる三輪が痛々しくて、可哀想で、どうしても先に帰る予定だって言いだせなくて――」

「可哀想……？」

三輪は義弟の顔を見上げて、口先を尖らせた。確かに、あの時の三輪は、幼児のように梓馬に頼り切っていたけれど。

「梓馬のくせに生意気だな。仮にも兄貴を、そんな甘えん坊の子供みたいに」

「今は三輪のほうが年下みたいなもんだろ？　俺、二十六になったんだよ？」

「えっ……」

今の三輪にとっては、はるかに年上の年齢だ。この子がもうそんな……？　と本気で衝撃を受けている三輪に、梓馬は鷹揚《おうよう》に笑って見せた。

「ほら、車ちゃんと入れるから離れて。俺、腹減った」

それこそ年上ぶった仕草でぽんと三輪のつむじを押さえ、体を離そうとする梓馬の服地を、三輪はとっさに、がしり、と捕まえる。

「……三輪？」

「……っ」

「どうしたの？　離してくれないと車に乗れないよ」

わかっている。でも、離したくない。今はこうして、梓馬に縋りついていたい。

兄が背後にいる。ポーチから、あの粘りつくような目で、こちらを見つめている。それがはっきりとわかる。

それがとても怖い。怖くてたまらないのだ。梓馬のTシャツの裾を掴んだ手が、ガタガタと震えるくらいに。

京とは、あの湖畔《こはん》のボート小屋での出来事以降、口をきいていない。ほとんど目も合わせていない。

あれ以来、自分を見る兄の目が変わったような気がして、怖くて顔を見られないのだ。

（ぼくに、あんなキスや――あ、あんなことをするなんて……）

兄は気でも狂ったのだろうか。手であんなところを弄り回して、ぼくを欲情させるなんて。自分たちは、実の兄と弟なのに。あまりのことに、いったいどういうつもりなのだと、問い質すこともできなかった――怖ろしくて。

それに、あの時、兄に導かれるように見た白日夢が何だったのかも、三輪は怖くて確かめられないでいる。あれは――ただの淫らな幻覚だったのだろうか。それとも、よみがえった現実の記憶の一部――？

――まさか。

幻覚《ゆめ》に決まっているじゃないか。三輪は懸命に自分に言い聞かせた。

（夢だとしても、とても正気では回想できないような内容なのに、もし万一あれが本当にあったことだとしたら、ぼくは、もう……）

ぞっと肌が粟立《あわだ》つ。

本当はどうなのだと、いまだに正面切って京に問い質せずにいるのは、一にも二にも真実を知ってしまうのが怖いからだ。梓馬との会話では、三輪にショックを与えたくない、などと言っていたが、今の京は、三輪の心情に配慮などせず、あっさりと「本当だ」と答えてしまいそうな気がする。

――あれは本当にあったことだ。わたしとお前は、以前から……。

そんな兄の声が聞こえたような気がして、三輪はぶるぶると首を振って打ち消した。

馬鹿な。そんな馬鹿な。そんなことが、あっていいはずがない。だがあの時、深淵からよみがえってきたものは、ただの幻と片づけるには、あまりにも生々しい感触を持っていた。それにあの、三輪を射精に導いた手――。

おそらくあのボート小屋で、兄の何かがおかしくなったのだ。今のところ、うまく避けてはいるが、その手が時々、自分に向かって伸びてくることにも、そしていつも、三輪に触れる寸前で震えながら引いていくことにも、三輪は気づいている。

傷つけたくはない。だが、触れずにいられない……とばかりに。

必死に押し隠そうとして、隠し切れない苦しみを滲ませて。

そんな兄が怖い。子供の頃に敬遠していたのとは、ぜんぜん違う意味で。

(……いつ切れて襲い掛かってくるかわからない怪物と、ひとつ屋根の下にいるみたいなものだ――)

がたがたと震えながら、義弟のTシャツに縋りつく。梓馬はそんな義兄を見て、何か察するところがあったのだろう。一度は解いた腕を再び三輪の体に回して、力づけるように抱きしめてくれた。

「……ここにいなよ。すぐ済ませるからさ」

「……うん」

勇気づけられた三輪が頷くのを待って、梓馬は腕を離した。そして再び運転席に乗り込み、ハンドルに手をかけて――ポーチを見た。

京が梓馬を見ている。

梓馬も京を見ている。

不意に、梓馬が右手をピストルのかたちに構え、バン、と呟きながら京を狙撃《そげき》するそぶりをした。

京はそれに対し、嘲笑《ちょうしょう》する表情で眉を上げる。

ぞ……と、三輪は全身を総毛立《そうけだ》たせた。日差しは明るく、新緑の季節だというのに、寒くてならなかった。


到着するなり腹減った腹減った、と連呼しただけあって、梓馬は昼食を驚くほど食べた。摂子お手製のクロワッサンやフランスパンを使った数種類のサンドウィッチに加え、サラダを付け合わせたエッグベネディクトをぺろっと平らげた上に、まだ足りなさそうだと判断した摂子が握った大きめのおにぎりにかぶりつく。その数何と五つ。具は辛子明太子《からしめんたいこ》と塩鮭と昆布《こんぶ》。摂子は「料理のし甲斐《がい》がありますわ」と笑っていたが、京と三輪は唖然としたまま、そのさまを眺《なが》めるばかりだ。

ピーッ、チュチュチュチュ、と鳥が鳴く。

三兄弟は今、森を臨むウッドデッキで円形のテーブルを囲んでいる。それほど大型ではないテーブルの上を占めるのは、ほとんど梓馬が空けた皿か、これから空ける皿だ。京と三輪の前には、それぞれクロワッサンサンドがひとつずつとコーヒーだけ。成人男子としては小食という点だけ、兄と三輪はよく似ている。

「だ、断食でもしてたのかい、梓馬？」

三輪が目を瞠りつつ問うと、

「いいや？　朝も普通に食ってから出てきたけど？」

指についた米粒を舐め取って、梓馬は何か変？　という顔をした。本人はごくいつも通りに食べているつもりらしい。

だが毎食少しでも沢山食べさせようと苦労していた子供の頃の記憶しかない三輪にとって、この食べっぷりは衝撃だった。そんな義兄の顔を見て、梓馬はハハッ、と照れたように笑う。

「たぶん最近天気がいいから、代謝が上がって腹が減るんじゃないかな？」

「――お前、この前は低気圧が近づいてるからだるくて腹が減るとか言っていただろう」

京は一見、三輪ほどには度肝《どぎも》を抜かれている様子はないが、目の奥にはやはり呆れ返っている色がある。

「お前ひとりいるだけで、汐月家のエンゲル係数は五％くらい上がっているな」

「その分肉体労働で返してるからいいだろ。何だよ、三輪の面倒見るとか言いながら、ここにいるだけでろくに買い出しにも行かねー奴が」

「最初に立てた計画通りに消費していれば、買い物に出る必要などない。わたしも三輪も、お前のように行き当たりばったりでも、欲望の赴《おもむ》くままの大食らいでもないだけだ」

また始まった……と、三輪はこっそりため息をつく。この皮肉の応酬《おうしゅう》が始まると、長いのだ。その間、ふたりは三輪そっちのけで口論に没頭してしまう。それをぽつねんとひとり聞いているしかない三輪は疎外感を覚えて、毎回何か胸の中がモヤッとするのだ。

何かこう――いつもは自分と仲良く遊んでいる子が、自分といる時よりも楽しそうに別の友だちと遊んでいるのを見た時のような……。

(馬鹿馬鹿しい。さっさと食べて、パソコン内のデータでも見よう)

三輪は残りのクロワッサンサンドを、無理矢理、喉の奥に詰め込んで立ち上がった。相変わらず刺々しくやり合っている兄と義弟を残して、ウッドデッキを離れ、二階の主寝室へ上がる。

数日前、京との間に張りつめる凍りついた空気に耐え切れなくなった三輪は、二階の主寝室脇の書斎に籠もるようになり、そこにあったデスクトップのパソコンを起動してみたのだ。パソコンにはパスワードがかかっていたが、それは摂子がほとんど一発で解除してくれた(本当に、何者なんだろう彼女は)。

その結果わかったことは、記憶を失う前の自分が、かなり専門性の高い研究をしていたらしいということだ。ハードディスク内には膨大なデータが残されており、それは主として大正から昭和初期にかけて汐月画廊が後援していた画家たちに関する記録だったが、その多くは今日《こんにち》に画名を残しておらず、作品も散逸《さんいつ》して、今の三輪にとっては聞いたこともない無名の人々だった。

――三輪さまは二十世紀の歴史の波の向こうに消えてしまった画家たちを発掘し、再評価するのが自分のライフワークだとおっしゃられ、こつこつと資料を集めておいででした。

摂子はそう教えてくれ、「くれぐれも日に負担をかけることはなさいませんように」と注意した上で、まだデジタル化されていない紙の資料を引っ張り出すのにも手を貸してくれた。今の自分には解読も難しいその資料に目を通して、三輪は決意したのだ。

(やっぱり、一日も早く記憶を取り戻さないと――)

京も梓馬も焦るなと言うが、自分が成し遂《と》げようとしていたライフワークは、今の三輪にとっても夢のように魅惑的な仕事だった。記憶を取り戻すということは、それを取り戻すということだ。それに――。

それに、自分と京と梓馬の間には、子供に戻ってしまった今の自分には想像もつかない「何か」があったのだ。その「何か」を、京も梓馬も渇求《かっきゅう》している。口では焦る必要はないと言いながら、本当は身も捩れるような願いを、無理矢理に押し込めている。そのことが、三輪にもようやくわかった。

だがその「何か」は、おそらくかなり後ろ暗く、背徳的で、なおかつ因縁深いものだ。三輪たち三兄弟の生まれるずっと以前から、この家に――汐月家の血にまつわっているものだ。三輪に、あの数々の不可解な夢を見せた、どす黒いものだ。

（その遠い呼び声が、ぼくには聞こえる――）

その正体を見据えるのは、今の三輪にはまだ恐怖でしかない。だが先日の兄との出来事で、思ったのだ。このままでは自分も兄も義弟も、その「何か」に呑まれるままに、駄目になってしまうと。

（そしてたぶん、真っ先に駄目になってしまうのは、京兄さんだ――）

三輪は兄の常に怜悧な顔を思い描いた。どうしてそんな風に感じるのかは自分でもうまく説明できないが、この想像はおそらく当たっている。三輪が兄に対して真に、そしてほとんど本能的に恐怖しているのは、そのことだ。

兄は脆《もろ》く、危険な人なのだ。脆く砕けたあと、破片が刃と化す玻璃《はり》のように。

（兄さんがこれ以上おかしくなってしまう前に、ぼくが思い出さなくちゃ。ぼくがこの家族を、守らなくちゃ……）

過去から襲ってくるあの黒いものに、今の汐月家を呑み込ませないために。兄と義弟を守るために――。

三輪の決意を知っても、摂子は何も言わなかったが、あれこれと手を貸してくれたのは、彼女もまた、これが記憶を取り戻すきっかけになってくれれば……と内心で思っているからだろう。何を考えているのかよくわからない人ではあるが、自分たち三兄弟を心から応援してくれていることだけは、言葉の端々から伝わってくる。

（京兄さんと梓馬に、これ以上負担をかけないようにするには、ぼくが努力するしかないんだ……）

なおも湧き上がる恐怖を押し殺し、唇を噛みしめる。その時、不意にがちゃりと、主寝室のドアが開く音がした。

「ふわぁ……。三輪ぁ？　いないのー？」

梓馬だ。三輪はパソコンの前から立ち上がり、両室を隔てるドアを開けた。

「ここだよ。どうしたの、梓馬？」

「ん～……満腹したら何か眠くなっちゃってさ。ベッド使わせてもらっていい？」

今、この氷輪荘には、ベッドは三つしかない。この主寝室と、京が使っている客間と、一階のキッチン横にある摂子の部屋だ。

「リビングのソファは京が占領してるからさぁ。それにできれば手足伸ばして寝たいから～」

「もちろんいいよ。あ、摂子さんにシーツ替えてもらう？　ベッドメイクしてもらってから、今日で三日くらい経つから、けっこう臭いとか――」

「ん～？　いいよそんなの。涎《よだれ》とか恥ずかしいシミとかついてても、三輪のなら全然オッケーだし～」

「そ、そんなのついてるわけないだろ！」

三輪は赤面して喚いたが、すでに半睡状態の梓馬は、そのままふらふらとベッドまで歩き、どさり、と倒れ込んだ。

「あ〜……三輪の匂いだ〜……」

——どきり、とする。

だが当の梓馬は、ふにゃ、と呟いた次の瞬間には、もう寝息を立てていた。まるで遊び疲れた子供だ。

「ああ、もう、掛布団もかぶらないで……」

山荘の空気は、東京の街中よりはるかに冷涼だ。Tシャツ一枚で寝込んでしまっては風邪を引く。三輪はベッドに伸びた義弟に近づき、その体の下敷きにされた掛布団を引っ張り出そうとした。

不意に伸びてきた手に腕を掴まれたのは、その時だ。体勢が不安定だった一瞬を突かれたこともあって、三輪はあっさりとベッドの上に引き倒されていた。仰向けの姿勢で手足を押さえつけられて、もう動けない。

「あ、梓馬———……？」

「三輪……京の奴に、何されたの」

魅惑的に響く声の、おそらくわざとやっているやや幼い言葉遣いの囁きに、三輪は思わず目を逸らした。

「な、何のこと？」

「ごまかすなよ」

ぎゅっ、と手首と肩を締め上げられる。何だか、慣れた仕草だ。まるで何かの捕縛術《ほばくじゅつ》を身につけているかのようで、三輪は身じろぐこともできない。

「あいつに、何か怖い思いさせられたんだろ？　ひょっとして、もう襲われた？」

「も、もう、って……」

予想していたのか？　兄さんがぼくに、ああいうことをするであろうことを？　と少し顔を離してまじまじと見つめてくる三輪に、梓馬は苦笑のような悔しさのような、あるいは諦めのような、複雑な表情を見せた。

「口じゃ偉そうなこと言ってたけど、遅かれ早かれあいつが真っ先に切れるだろうとは思ってたんだ。あいつ……三輪に執着してやがるから」

風が吹いた。ざざ……と梢の揺れる音が聞こえる。

──執着。

梓馬がおそらく、何気なく口にしたであろうその言葉は、三輪の中の閉じていた扉の鍵穴に確実に差さり、かちりと音を立ててそれを開いた。

──そうか、あのどす黒いものの名は、「執着」というのか。

誰かに、何かに対して抱く、好意を越えた独占欲。相手を傷つけるとわかっていてなお、手を伸ばさずにいられない心の飢え。

そして、三輪の心の、もっとも暗く、三輪自身すらも覗き込むのを躊躇する奥底に、痺れるような悦びをもたらすもの――。

「三輪」

全身を捕らえられながら、梓馬の指に顎先を持ち上げられて、三輪はハッとする。

眼窩《がんか》の深い、大きな梓馬の目が自分を見つめている。

思わず吸われるようにその目に映る自分の顔を見つめ返していた三輪は、突然、かぶりつくように降りてきた義弟の唇を、されるがままに受け入れてしまった。

「――う」

ぶ厚い舌を突き込まれ、乱暴に掻き回される。唾液があふれ、互いのものが混じり合ったそれが頬を伝う感触が生々しい。

舌と舌とが触れ合い、絡み合う。嚙みつかれ、はくはくと食まれる。

散々に貪られて、ようやく唇が離された――と安堵したのに、今度はその舌先に口元をいやらしく舐め回されて、三輪は危《あや》うく意識が飛びそうになった。たっぷりと洋酒を染み込ませたビターチョコレートのような、刺激の強すぎる大人のキスだ。

「あ、梓馬……！」

「ふーん、ディープキスまではされたんだな」

どうしてわかるんだ、という顔をしてしまったのがまずかった。「じゃあ、ここは？」とそのしっかりとした手が辿《たど》り降りた先は、あのボート小屋で京の手が触れたのと同じ場所だ。

ひくん、と腰が跳ねた。その反応を感じて、梓馬がちっと舌を鳴らす。

「弄られたんだね」

有無を言わさず断言されて、三輪は血の気が引く思いを味わった。どうしてわかってしまうんだ――という混乱で思考力がなくなり、カマをかけられているのだ、ということにすら気がつかない。

「あいつめ……」

手首と肩を押さえつけていた手が離れ、ぎゅっ……と抱きすくめられる。肩口に顔を埋められ、額を擦りつけられながら、切ない声で、「三輪……」と呼ばれて、きゅうっと胸が締めつけられた。

「三輪――言っちゃうのは反則なんだけど、あいつが反則したんなら、俺ももう我慢しないよ。俺はね……三輪と、俺はね……」

その続きを、さすがに言いよどむ義弟の肩を、三輪はそっと抱き返した。

「恋人、だったんだろう……？」

梓馬の大きな体がぎくんと震えた。肩口に降りていた頭がバッと離れ、顔をまじまじと見つめられる。

「思い出したのっ？」

記憶が戻ったのか、と期待に輝く顔に罪悪感を覚えつつ、三輪は首を横に振った。

「ごめん――ほんの少しだけなんだ。思い出せたのは」

「少しって――」

「あのボート小屋であったことだけ」

梓馬が息を呑むのがわかった。

嵐の夜。三輪はあの時初めて、この義弟に兄弟としてではない好意を告げられ、その激しさに流されるまま、衝動的に身を委《ゆだ》ねた。思い出したのは、その瞬間の、渦に巻き込まれ、息もできずに溺《おぼ》れるような怯えと戸惑い、体を裂かれる痛み、そして否応《いやおう》なしに感じさせられた悶《もだ》えだけだ。

「それに正確に言うと、思い出せたというのとは違うみたいなんだ。何て言うか……ドラマの予告篇を見ているみたいに、色んなシーンが細切れに頭の中で再生される感じで、実感が伴わないし、前後の流れもめちゃくちゃで、時間軸がちゃんと繋がらない」

それにどうやら、自分たちが生きてきた時間以外の、他人の記憶までもが混入しているような気もする。今はすでに大半が取り壊されてしまった昔の氷輪荘と、そこに生きていた人々の、夢とも幻ともつかない記憶――。

現実感のなさにぼんやりとしている三輪の肩を、現実の世界に生きている梓馬が摑んで揺さぶった。

「じゃ、じゃあ、あの夜のあと、やっぱり弟とこんなことできないって言って俺を振ったことや、自《や》棄《け》になった俺が四年間家出して音信不通だったことなんかは？」

「――……そんなことがあったのか」

朝になってから正気に戻り、やっぱり駄目だと言い出したという情けなさはいかにも自分らしくて、そうだったのだろうなとすんなり納得したが、この義弟が四年も行方知れずだったという話には、三輪は強い衝撃を受けた。

そんなに長い時間、この可愛い弟と離ればなれだったなんて、どれほど寂しく心細い思いをしただろう。その当時の心情を想像すると、それだけで三輪の目は潤む。

「わっ、三輪、泣……」

驚き慌てる梓馬を、

「梓馬っ」

三輪は飛びつくように抱きしめた。男らしく太い鎖骨《さこつ》の上に瞼をつけて、ひくひくと泣きじゃくる。

「行かないで」

「……！」

絶句する梓馬を、さらにきつく抱き寄せた。

またひとつ、思い出せた。この義弟が自分の前から姿を消したと知った瞬間の、目の前が真っ暗になるほどの絶望感と後悔。

彼が兄弟以上の愛情で想ってくれていることを、本当はあの時以前から知っていた。そして三輪もまた、その想いに呼応するように、この義弟に兄として以上の愛情を抱き始めていた。それなのに自分は、そのことに気づきもせず、この子を突き放して傷つけてしまった。絶望させ、失望されてしまった……。

怒涛のように、あの時味わった悲しみが再生されていく。その荒波に揉まれて、三輪はただ義弟の体に縋りつくことしかできない。

「もうどこにも行かないで。行っちゃやだよ梓馬。離れずにぼくのそばにいて……！」

「み……」

縋りつく三輪を抱き支える手が、背中で震えている。衝動を懸命に堪えるように――。

「三輪……っ……！」

その手が、ついに骨が拉《ひし》ぐほどの力で三輪の胴を抱く。

口づけられる。再びの激しさで。

梓馬の体もろとも、シーツの上に沈みながら、三輪もまた、そのキスを貪欲に受け止めた。

シーツの上に、ふたつの裸体が伸びる。

まだ真っ昼間だ。カーテンを閉めてもいない部屋は三輪の目でも隅々まで見えるほど明るいし、階下にはまめまめしく働く摂子と、やや不機嫌な顔でタブレット端末を操り、株式市況をチェックしながら食後の一服をふかしているだろう京がいる。そんな時間の、明るい部屋で、自分はいったい何をしようとしているのだろう——と、三輪は義弟の癖のある髪を指で梳《す》きながら、ぼんやりと考えた。

(梓馬と……しようとしているなんて——)

この子は弟なのに……と、今さらながら襲ってきた罪悪感と未知のことに対する怯えに、ぶるっと体が震える。

初体験ではないはずだ。知識らしきものも、男女のそれなら、一応は（保健体育の授業で習った通り一遍的なものと、男友達から聞いた都市伝説みたいに怪しげな伝聞程度なら……）ある。だが今の自分は、経験があると言えるのか、言えないのか、とても微妙だ。よみがえった記憶はひどく漠然としたもので、いったいこの義弟と何をどうしたのか——しかも男同士で——具体的なことは何も憶えていない。

ただ、ひたむきな仕草で自分を求めてくる梓馬が愛しいと思う気持ちは、心に満ち満ちている。その気持ちが体の外にまであふれ、羞恥心と理性を体の外に追いやっていく——。

「……みーちゃん」

幼い頃の呼び方で囁きかけられながらキスされて、ちょっとずるいな、と思う。そんなふうにされたら、可愛くて、何をされても怒れなくなる――。

「みーちゃん、好きだよ……」

「梓馬」

「大好き、だよ」

胸元に額と前髪を擦りつけられ、喉を鳴らす猫のように懐かれる。本当にずるいな、と笑いかけた瞬間、左の乳首にちゅっと吸いつかれ、思わず「あ」と声が漏れた。

ちゅぅ、と吸い上げられて、全身が魚のようにびくつく。だがすでに三輪の体は梓馬の厚い体軀《たいく》にしっかりと伸し掛かられていて、身じろぎもできない。

「あ、あずっ……」

「逃げないで、三輪」

いきなり大人モードになりながら、梓馬は囁いた。ぴったりと隙間もなく触れ合った肌に、さっ……と慄きが走る。

「俺のものになって」

「お前の、もの……？」

「そう、俺の……俺だけのものに、なって」

——俺だけのもの。

何かひっかかるものを感じた。その言葉は、最近聞いた覚えがあった。どこでだっただろう——？

『今度こそ、わたしだけのものになれ、三輪——……』

息が止まる。

——京、にいさ、ん……？

兄と義弟が、どちらも同じ望みを口にした。その意味に三輪が気づく前に、梓馬の唇が右の乳首に吸いつく。軽く食んで、引っ張る。

「ひ、っ……」

反ってシーツから浮いた背の下に、梓馬の腕が滑り込んでくる。自分では身動きできない、起き上がることもできない姿勢にさせられて、せり上がった胸先から腹部にかけて、幾つも幾つもきゅっ、きゅっ、とむず痒い痛点を散らされた。

「ちょ、梓馬……梓馬、くすぐったい——！　……っ、あ、っ……」

「しっ」

嬌声を漏らす義兄の口を、梓馬は掌で塞いだ。

「声、立てないで三輪——京に気づかれる」

「……！」

兄に知られる。その言葉に、思わずぞっと震える。その反応を見て、梓馬はにんまりと笑った。

「俺、してやれないからさ……自分で塞いでてよ、ね？」

梓馬に手を取られ、自分の口を掌で覆わされる。何をされても、このまま耐えろって言うの？　と涙目で見つめ返すと、梓馬は大人の色香漂う、とても「悪い」笑みを浮かべた。

うっ、と息が止まる。泣き虫小僧だった頃から、計算高い甘え方をする子ではあったけれど。

（ぼ、ぼくはお前をそんな子に育てた覚えはないぞ……っ！）

涙目で睨みつけても、義弟はふふっと笑うばかりで悪戯を止めようとしない。やがてその腕は腰に絡み、唇は下腹の、もう茂みが始まろうかという際《きわ》にまで降りていた。

（ま、まさか――……！）

半勃ち状態のものの周りまでチュッチュと吸われて、それが次第に中心に寄ってくる。ついに茎を横から咥えられた時、三輪は「ふ、うっ……！」と悲鳴を漏らしてしまった。

（えっ？　えっ、えっ……？）

まさか――そんな。そんなものを口に――？　と慄くうちに、梓馬は三輪が想像した通りのことをしてのけた。すでに淫液の滲んでいた先端をちゅっと吸い、小さく窄《すぼ》まった通精路の入り口を、尖らせた舌先で苛めるようにこじる。そして噴き出すように濡れる三輪のものを、自ら喉奥まで導く。

ごくん、と梓馬の喉が動くのを、先端が感じる。

「……っ！　……〜〜〜っ！」

義弟の頭を挟み込む形になっている腿がびくびくと痙攣《けいれん》し、脛が悶えて空を蹴った。

やめてくれ、と懇願の意を込めて髪を摑んだのに、梓馬は言うことを聞いてくれない。何て悪い子だろう。こんなものを口に入れたら、お腹を壊すじゃないか。早くやめさせなきゃ。やめさせ、な、きゃ…………。

「あず、ま、っ……！」

それなのに体は、三輪の意思を裏切って、ひくひくと震えるばかりで、一向に梓馬を押し除けようともしない。ソフトクリームを舐めるような舌遣いに、淫らな情動がどんどん高まっていく。下腹の奥が熱くなり、意識すらしたことがない場所に疼きが生まれて、それが体の隅々にまで広がっていく。

乳首が尖って、痛い——。

「うぅ、うっ、うっ……うう〜っ……！」

もう駄目だ——という思いが脳裏をかすめた次の瞬間、脊髄を伝って、白い発光が脳に到達した。

それは頭の中で炸裂《さくれつ》し、三輪の意識を真っ白に染める。

——ああ……。

とろりと、酔う。

この上なく恥ずかしいことをしてしまったのに、それは一度経験したが最後、麻薬のように忘れ難く捕らわれる気持ち良さだった。心も体も深く満たされ、そして、もっと欲しいとばかり、淫らな疼きが後を引く――。

「……どう？」

梓馬が、また「悪い顔」をしながら、見せつけるように、劣情を放出したばかりのものに舌を這わせながら聞いてくる。

「俺のほうが、いいだろ」

「……！」

誰と比べろと言っているのか、三輪にももうわかる。梓馬は、先日ボート小屋で三輪に手を出した京に対抗しようとしているのだ。手で射精に導いた兄に対して、もっと淫らで快感の強い口淫で、三輪を乱れさせたかったのだ――……。

「三輪」

みーちゃん、と呼んで甘えた時とは一転した大人びた声で、梓馬は語りかけてくる。

「欲しいと思うことを、恥じることはないんだよ」

「あ、ず……」

「――って、前にも俺、言ったんだけど……憶えてないよね」

苦笑混じりに悔しさを訴えるように、両手で頬を挟まれて、こつん、と額を合わせられる。

「あの時の三輪は、自分の体がどんどんいやらしくなっていくことに苦しんでた。心では拒んでいるのに体は反応してしまう。自分は男なのに、抱かれたくてたまらなくて、どうすることもできない……って言って泣いてた」

「……」

思わず息が止まる。いったいどういう経緯でそんなことに、と問う前に、梓馬は続けた。

「俺はでも、三輪がそんなことになるよりもっとずっと前のガキの頃から、自分が男も女もいけることを自覚してたから、そんなの別に普通のことだって教えてあげたよ。いやらしいセックスいっぱいして、気絶するくらい気持ち良くなりたいのは誰でも一緒だって。三輪はそれで気持ちが楽になったみたいで、俺のこと――受け入れてくれた」

それがどれほど感動的な出来事だったかを伝えるかのように、梓馬の両腕が三輪を包み込む。裸の胸を重ね合わせて、キスを交わせば、互いの尖った乳首が擦れて、じんわりと甘く痛んだ。

「う……あ、あ……」

感じる場所を巧妙にまさぐられ、腰が捩れる。そこに触れて欲しい、と願う通りに手や唇で触れられて、蜘蛛の糸を絡められるように、梓馬のものにされていく――……。

「ねえ……していい？」

ねだる口が、耳朶を嚙みながら囁く。

「三輪の中に、入っていい？」

「あ……」

「ここから、さ」

しっかりと太い指が、腰を滑り降り、ぬめる狭間を辿って、まだしっかりと閉じた蕾に到達する。

「……！」

じくん、と疼く。

――そ、そこは駄目……！

そう拒もうとしたのに、口はキスで塞がれて、声が出せない。熱く熟れる体も、もう思うように動いてくれない。

合わせた唇が、にっ、と笑ったような気がした。

濡れた指が挿し込まれる。

みしっ、と肉が軋って拒む。

痛い――……！

なのに再び指と唇で前を慰められ、その気持ち良さにつられて、もっと、とねだるように腰を振っていた。蜜を垂らして虫を誘う花のように、とろりと濡れながら。

繊細な痛覚を持つ蕾が、男の指に苛められ、痛みと快楽が腰の奥でないまぜになる。

痛みと悦びがすり替わり、快楽に次ぐ快楽の波の中で、三輪はひたすら喘いだ。

「三輪――……」

懇願するような声。

「三輪、入れるよ」

そして、許しを請《こ》うふりで、どうせこちらの言うことなど聞き入れやしない、甘えと傲慢を滲ませた声。

どちらの梓馬も愛しい――と感じた瞬間。

熱いもので、腰を断ち割られた。

「――………ッ!」

叫びにならない叫びが上がる。

拒んで密集する肉を、無理矢理押し広げられる。

両脚をこれ以上広がらない限界まで広げられ、腰を掬《すく》い上げられた姿勢で、裂かれる。

体重を乗せた突き込みに、笠を開いたようなかたちに張った先端が、下腹の裏を突き上げてくる――。

(こんな――……)

こんなに、酷《むご》いことがあるだろうか。生きた人間の体を裂いて、潰して、穢して犯すなんて――！

「アッ……！　アッ、アアッ……！」

ずりずりとさらに沈み込んでくる感触に、上体がぎりぎりと捩れた。逃げようと尻でずり上がる動きを封じられ、引き戻されながらさらに犯される。尻に陰毛の当たる感触で、すべてを入れられたのだと悟った。

「三輪……三輪……っ」

ハァハァ、と荒い呼吸音が、顔の上から聞こえる。

「俺……っ、さみ、しいっ……」

「梓馬……？」

「三輪しかいない――……俺には、この世に三輪しかいないんだ……！」

突然、熱い滴《しずく》が頬に降ってくる。

それが梓馬の涙だと気づいた時、三輪は心臓がねじ切れるのではないかと思うほどの切なさに襲われた。

――可哀想な梓馬。こんなにいい子なのに、ひどい実親に棄《す》てられてしまった、寂しがり屋の梓馬。兄の自分しかいない、なんてことは決してないはずだ。この子を真実愛してくれる人なんて、その気になって探せば、ほかにいくらでもいるだろう。それなのに梓馬は、幼い日の喪失感を埋めてくれた三輪にいつまでも執着して、とうとう体まで欲しがって、それでも寂しいと、心が満ち足りないと飢餓感《きがかん》を訴えて――。

「梓馬っ」

三輪は手を伸ばし、義弟の癖っ毛の頭を抱え込むように抱きしめた。

お互いに、ひどく苦しい体勢になった。それでも梓馬は繋がりを解こうとせず、三輪もまた、苦しみの汗を垂らしながら、愛しい青年を抱きしめ、その額に口づける。

「愛してるよ――」

「み……」

「お前を、愛してる……！」

だからほら、もう寂しくないだろう？　そんな想いを込めて甘く囁いた瞬間、梓馬が切れた。

無茶苦茶に掻き回された。こんな大きなものを体の中で動かされたら死んでしまう、と怯える三輪を押さえつけ、泣き叫ぼうとする口を手で塞いで、潰すような勢いで腰を使ってくる。

「……！　……ッ、ウ、ゥ……！」

苦しがっていやいやと頭《かぶり》を振りながら、だが三輪は体いっぱいに異様な悦びが満ちるのを感じた。

痛いのに、苦しいのに――こんなに乱暴にされているのに、それが嬉しくて、気持ち良くて、たまらない。

狂ったように、感じて、たまらない――――!

――オ前タチハ穢レノ子。コノ呪ワレタ家ノ子……。

「――――ッ……!」


意識が飛んだ。

頭の中が白く発光すると同時に、腰の奥で熱が弾けた。喘ぐように息をして、ようやく人心地ついた頃に、奥でわだかまるそれが梓馬の精液だと気づく。

涙が滲んだ。

「三輪――……?」

腕の中の義兄と同じように、ようやくの思いで頭をもたげた梓馬が、顔を覗き込んでくる。

「泣いてるの……? 苦しかった……?」

「ううん」

ただ満たされただけだ。幸せだと、思っただけだ。

だがその思いは、到底、言葉にならない。言葉などでは伝わらない。

「もう、何も怖くない――……」

「えっ」

「そう思っただけだよ」

義弟の癖っ毛頭を抱き寄せ、頬を擦りつけながら、どうか今このまま、時が止まって欲しい、と、三輪は叶わぬ祈りを捧げた。


梓馬の腕の中で、三輪は幸せに微睡《まどろ》んでいた。いくらなんでもそろそろ一階に顔を出さないと、京や摂子に不審がられるとか、梓馬もずっとここにいて大丈夫かな、などと考えなくもなかったが、どうしても、この幸せな場所から離れることができなかった。

時に深く時に浅く眠り続けて、ようやくはっきり覚醒した時、三輪は自分を抱きかかえて眠っていた梓馬がいないことに気づいた。シーツの上に全裸のまま体を起こし、きょろきょろと周囲を見回して、「梓馬？」と呼ぶ。

部屋は、奇妙にどろりと暗かった。ずいぶん長いこと眠っていた自覚はあるから、もう夕方なのかな、と深く考えもしなかったが、耳を澄ませても、まったく、誰の気配もしないのが、少し変だ。京は自分で頭脳派だと公言する通り、あまり動き回る人ではないが、摂子は食事の仕度だ部屋の掃除だと、常に何か家事の音をさせている人なのに。

これでは、まるで――。

（まるで、家の中に誰もいないみたいだ――）

少し、ぞっとする。

何も言わずに、ぼくを置き去りにするなんてひどいじゃないか。珍しく拗ねたような気持ちを抱きながらベッドから降りようと姿勢を変える。

「梓馬――？」

その時、いきなり思いもよらない方向から豹《ひょう》のように飛び掛かってきたモノに、三輪は馬乗りに押し倒された。えっ、何――と目を瞠るよりも早く、そのモノは三輪の喉元に手をかけ、両手で、ぐっ……と首を締め上げてくる。

「……うぐ……！」

一瞬、殺される――と思った。だがその手は、きつく喉輪をかけてくるものの、そのまま、力を加えてはこない。まるで三輪を殺そうかどうしようか、迷っているかのように。

「……三輪……」

発せられた声は、京のものだ。だが三輪が目を見開いても、押しかぶさってくるモノは、人のかたちをした黒い塊《かたまり》のようにしか見えない。

ただ、その双眸《そうぼう》が、紅蓮《ぐれん》の涙を流さんばかりに血走り、ぎろりと底光りしている――。

見えないその唇が、低く囁いた。

「梓馬と寝たな」

「……！」

「悪い子だ……」

兄の声には、だが怒っている響きはなく、むしろうっとりと嬉しげだった。獲物に牙を立てる寸前の獣が、悦びに涎を垂らすような、濡れた雰囲気がある。

「お前のようないやらしい子には、きついお仕置きが必要だな」

「にい、さ――……！」

「国崎」

呼ぶ声に応えて、ドアが開く音がする。

「お呼びですか、京さま」

聞き慣れた声が、聞き慣れない邪悪で艶やかな口調を発する。

国崎摂子は、濃い化粧をし、漆黒のレザースーツに身を包んだ、別人のような姿で現れた。ががらと、ワゴンのようなものを押して。

「さあ、おいで三輪」

喉輪を解かれ、ごほごほと咳《せ》き込みながら、まるで姫君のように抱き起こされる。

「お前を苛めてやろう」

そして抵抗もできないままに運ばれ、がちゃん、と音を立てる別の台の上に押し伏せられた。

（な、何……？）

冷たく平たい感触の台に、胸と腹が押しつけられる。がちゃん、と響く鎖の音――。

そして断頭台上の罪人のように、何か革《かわ》のベルトのようなもので首を台座の端に固定された。コツコツ、とヒールを鳴らして歩き回る国崎の手で、両手首にも台の左右から手鎖を嵌《は》められる。

「そんなに怯えることはない」

くすり、と笑いながら、京が震えて色褪《いろあ》せる三輪の唇を指で撫でる。

「お前の体は、これを憶えているはずだ。薬を嗅《か》がされた梓馬の目の前で、わたしに犯されながら悦びの涙を流した日のことを――」

「にい、さ……？」

「あの時のように、たっぷりお仕置きしてあげよう。心ゆくまで愉しみなさい」

台の上に載せられた三輪の尻の狭間に、ぐりっ……と、硬く熱いものが当てられる。

「――和泉」

声が変わった。

「わたしの、和泉……」

「——……！」

兄の声が、兄ではない者の意思を得て、自分ではない者の名を愛しげに呼んだ、次の瞬間。

接合したそこに凄まじい力が込められ、兄の肉と三輪の肉が、ばちん、と平手打ちのような音を立てた——。

＊　＊

「——うわぁぁぁぁぁ！」

悲鳴を放ちつつ飛び起きた三輪の目の前で、スマートフォンを手にした梓馬が、「うわっ」と飛び退《すさ》る。

「び、びっくりした……どうしたの三輪？」

「あ……ず、ま？」

ひくっ、と嗚咽を呑み込んで、粘りつくような涙で濡れた目を瞠る。

——夢だった……？

ほ、と安堵したあとで、三輪は恥じ入った。またあんな夢を見てしまった。兄に犯される夢は二度目だ。しかも今度は、摂子まで巻き込んで——……。

ぼくの頭の中は、いつもあんなことでいっぱいなのだろうか。三輪は絶望的な自己嫌悪に捕らわれた。

自分は、もしや可愛い義弟を恋人にしただけでは足らず、心の中では実の兄にまで抱かれたがっているのだろうか。それは違う。そんなはずはない……と言い切れないほど、さっきの夢は生々しかった。兄のものが、体の中に突き込まれる感触が、まだ腰の奥にはっきりと残っている。それにあの、鎖の、音――。

「三輪？　大丈夫？」

「あ、うん――……平気、ちょっと夢見が悪かっただけだから」

「そうか……」

梓馬は下半身にだけジーンズを穿《は》き、上半身は裸だった。その姿でスマートフォンをタップしながら、険しい顔で三輪に背を向ける。

その何気ない仕草が、三輪の中の何かにひっかかった。何とも言えない体のだるさを堪えて、まだ裸のままの身を乗り出す。

「――もしかして、何かあった？」

「……」

「梓馬」

「ごめん、三輪」

梓馬はまだ迷いのある表情で告げた。

「銀座の店が、ボヤになったらしいんだ」

「えっ――！」

「隣の店からのもらい火だって」

まだ詳細はわからないんだけど――と、言いつつ、スマートフォンを仕舞ってため息をつく。

「ごめん……俺、東京戻らないと」

本当に申し訳なさそうに、そろりと告白する梓馬に、三輪はつい「そんな！」と責める口調をぶつけてしまい、あっと気づいて口を塞いだ。

馬鹿。アクシデントで社長不在になった家業を支えて、一生懸命働いてくれている梓馬に、何てことを。

「ご、ごめん」

そろり、と謝る。

汐月家の家業は画廊だ。銀座の店舗には、当然、高価な絵や彫刻類が置いてある。たとえ直接火災に遭わなくても、消火の際に水や薬剤がかかっていたら（もちろん保険をかけてはあるが）大変なことになる。梓馬がすぐに東京に戻ると判断したのは、当然のことだ。

三輪はシーツを摑み締めながら、声を絞り出した。

「ごめん……お前に抱いてもらったからって、いきなり恋人気取りで甘えて駄々をこねるなんて最低だね」

「三輪……」

「大丈夫、もう言わない。先週みたいに、泣いたりしないから」

口ではそう言いつつ、三輪は思う。でもやっぱり、この義弟が帰ってしまったら、自分は泣くだろうな、と。

はっきりと恋人として愛しているのだと自覚した義弟と離れて、気を許せない兄とひとつ屋根の下、この不気味な家で、また何日も息を詰めて過ごすのだ。無様《ぶざま》に泣く以外に、いったい何ができるだろう――。

「か、帰るんなら、早く出ないと、東京に着いたら夜遅くになっちゃうよ。ほら、それじゃ意味ないんだろう？」

店舗の被害や商品の損害を確認するなら、消防署の調査に立ち会ったほうがいいはずだ。そう考え、追い立てようとした三輪の手を、梓馬がいきなり摑んだ。

「三輪も行こう」

「え？」

「俺と一緒に、東京帰ろう」

三輪の手を摑んで自分の胸元に引き寄せる仕草は、まるっきりメロドラマの「俺と一緒に逃げよう」

の場面と同じで、三輪は驚愕《きょうがく》よりも先に羞恥心を刺激された。おかげで梓馬が何を言っているのか、理解するのに時間がかかった。

「今は三輪と、一分一秒も離れたくないんだ」

「梓馬……」

「だってせっかく三輪が、俺の——俺だけのものになってくれたのに。今度こそ、俺だけのものになってくれるかもしれないのに……！」

「……っ」

俺だけのもの。

まるで、以前は梓馬だけのものではなかったかのような言葉——。

ちりっ、と頭の中で何かが反応する。今までにも数回経験したそれは、だが今までのうちのどれよりも大きく鮮明な感覚だった。決壊する寸前の堤防のような、錠が弾け飛ぶ寸前のドアのような——。

「三輪」

だがそれを、梓馬のキスが阻止した。引き攫《さら》うように胸の中に抱き込まれ、短いが、熱烈なキスをされる。

たちまち、三輪の体にじわりと情交の熱がよみがえった。そうだった。自分はつい数時間前まで、この義弟と体を繋げていたのだ。改めて、そのことを強く意識する。自ら望んで体を開き、梓馬がそこで欲望を遂げることを許して――……。

「あず、まっ……」

連れて行って。

そう囁いた唇に唇を接したまま、梓馬は掠れるような囁きを綴《つづ》る。

――行こう。

その囁きの語尾に、ざあっ……と驟雨《しゅうう》の音が重なる。

森に降り注ぐそれは、都会では聞けない、独特の葉擦れのような音を立てている。

陽が急速に陰ってゆく。厚い雨雲に、太陽が遮られているのだ。

「三輪――……」

その時不意に、かちゃかちゃと外側から錠を開ける音がし、ばん、と音を立ててドアが開いた。

梓馬が、とっさに三輪を抱く腕の力を強くしながら、はっ、とそちらを向く。

「京――……」

どうやって鍵を、と無言で問う梓馬の足元に、軽い金属音を立てて何かが投げ捨てられた。

針金だった。

「……あんた、ピッキングなんていつの間に」

「国崎に習った」

平気で告げる兄の声に、三輪は震え上がる。

知られたのだ。この兄に。いいや、このタイミングで突入してきたということは、きっと、三輪が梓馬の腕の中で狂態をさらしている最中に、すでに察知していたに違いない——。

「三輪」

古い絨毯を踏みしめて、じりっ、と一歩詰め寄ってきながら、京が言った。

「梓馬と寝たな」

「——ッ……！」

「悪い子だ」

悪夢の中で聞いた言葉と、寸分違わない口調だった。咎《とが》める声音の中に、とてつもなく昏い、サディスティックな悦びを宿した、涎を垂らしそうな惑溺《わくでき》の声。

「だが——」

「に、い、さん……」

「そんなお前が……わたしには、可愛くてならない」

ふらっ……とした足取りで近づいてくる京から庇うように、梓馬が三輪を抱いたまま「来るな！」と一喝し、後ずさる。

すると突然、三輪の体から梓馬の片腕が離れ、かしゃん……と、軽い金属の音がした。片手に手錠をかけられた梓馬が背後を振り向き、「摂子さん！」と驚愕する。

びしり、と義弟の喉元に寸止めで打ちつけられた細くしなりのあるものは、乗馬鞭《むち》だろうか――。

「大人しくなさってくださいませ、梓馬さま」

なりこそ地味な家政婦姿のままだが、いつもは清潔な感じに結《ゆ》い上げていた髪をざんばらに解いて流した摂子は、変化《へんげ》したように妖艶な雰囲気を放っている。唇が紅い――。

「次は京さまの番でございましょう？」

「摂子さん！　っ、でも……！」

「京さまも梓馬さまも、三輪さまを決してひとり占めしてはならない。三輪さまもまた、おふたりの従順な性奴隷でなければならない。それが今この時代の汐月の掟《おきて》。東京に三輪さまを連れて逃げ帰ろうなどと、裏切りも甚《はなは》だしいことですわ」

「でも――！」

「さあ、梓馬さま」

梓馬の喉元に、鞭がぎりぎりと食い込んでゆく――。

「三輪さまを、京さまにお譲りくださいませ」

「……ッ……。い、嫌だ！」

「聞き分けなさらないなら、きついお仕置きをいたしますよ」

いとも優雅な脅迫にも、梓馬は意地を張って折れようとしない。

「嫌だ……三輪は、今さっき、心も体も俺だけのものになったんだ。今さら、誰が京なんかに――……！」

ふっ、と摂子がため息のような冷笑のような息を吐いた。「仕方がございませんね」と鞭が空を切る音に、三輪は慌てて制止の手をかざす。

「やめて摂子さん！　梓馬を傷つけないで！」

「三輪さま――」

全裸にシーツ一枚のままの三輪は、体を震わせながらそろりと問う。

「ぼく……ぼくが、兄さんに、抱かれればいいの……？」

「三輪、やめろ！」

「そうしたら、許してくれるの……？」

記憶が後退してしまった年頃より、もっと幼い、頑是《がんぜ》ない子供のように、三輪は京を上目使いに見上げた。

「そうしたら、梓馬を苛めないでいてくれるの……？」

「ああ、約束しよう」

おいで、と兄が手を差し伸べてくる。

「お前がいい子でお仕置きを受ければ、梓馬には何もしない」

「お仕置き――……」

ぞぞっ、と肌が粟立つ。それが決して恐怖からだけではないことに――どこか期待と愉悦が混じっていることに、三輪は消え入るような羞恥を覚え、身を縮めて頬を染めた。

それを見た京が、にんまりと、蕩けるような笑みを浮かべる。

「可愛い三輪――」

ぐいっ、と全裸の三輪の腕を引く。シーツが滑り落ちた腰に、腕を回してきつく抱き寄せる。

「愛を込めて、お前を苛め――泣かせてやろう」

梓馬が押し開いた名残がまだ生々しい尻の狭間の蕾を、兄の冷たい指が割り裂く。

「う」

三輪が京の腕の中で頤《おとがい》を反らせながら短い呻きを上げる。

「三輪っ――……」

梓馬が泣き崩れる。その片手を、摂子が手錠でベッドの柱に取りつけられた鉄輪に繋いだ。

かしゃん……と、鎖が鳴った。

三輪の白い体が、天井の鉄輪から、絹を流したようにだらりと垂れさがる。裸体を隠してももらえずに吊るされたことよりも、全身に散らばる梓馬との情事の、まだ新鮮な痕跡《こんせき》を暴《あば》かれることに、三輪はこの上ない屈辱と羞恥を感じた。

「う……」

舌を絡ませ合うキス。

それ自体が濡れた生物のような兄の舌先が、三輪の舌の裏を舐める。舌裏のくぼみや、歯の生え際、頬の裏側までも執拗《しつよう》に舐め回されて、それだけでもう、三輪は上り詰めてしまいそうになった。

口腔《こうこう》を貪られながら、裸の胸にも触れられる。乳首を探り当てられて、びくん、と体が震え、天井の鉄輪に繋がっている手鎖が、がしゃん、と鳴った。

――この音だ。

三輪は兄が引きずり出した舌先と自分の口が唾液の糸で繋がっていることを意識しつつ、そう思った。

この音だ。この音だったのだ。この不気味な別荘に連れて来られて以来、夢の中と現実とを問わず、常に三輪の耳に響いていた音は。

これは汐月家を呪う音だ。汐月の血に狂気をもたらす音だ。この音に、汐月の直系である京も三輪も、心を狂わされてきたのだ――。

――和泉。ワタシノ和泉。

慟哭《どうこく》する男の声が、聞こえる。

――ワタシノ、愛シイ愛シイ和泉。愛シテハナラナカッタ、愛シテイルト伝エラレナカッタ、ワタシノオトウト……。

＊　＊

「三輪、わたしの三輪」

兄の両手が、三輪の飴色の頭髪を、左右から手挟《たばさ》み、狂おしく掻き回す。

「にい、さ……」

「……許さない」

両手を頭上に吊られた姿で、三輪は兄の顔を見上げた。

「梓馬の……梓馬だけのものに、なろうとしたな」

こっそり義弟と寝たことよりも、そのほうがずっと重大な裏切りだと言いたげな声だった。ほかのことは許容できても、そればかりは許せない、と。

「許して……」

入り乱れる怯えや、痺れるような昏い感情に、三輪の色褪せた唇が震える。

「許して、兄さん——……」

この光景のすべてを、少し離れたところから、梓馬と、彼の喉元にぴしりと鞭を突きつける摂子が見ている。その視線が、心に痛くてたまらない——。

「違うだろう、三輪」

京が三輪の顎を掬い上げ、その眼前に、何かきらりと澄んだ光を反射するものをかざして見せた。それが男性器のかたちをした水晶の塊だと察した時には、その先端を唇の間に入れられ、しゃぶらされていた。先ほどのキスのように。

「本当はどうして欲しいんだ——？」

「……っ」

「お前ももう、感じているはずだ。この美しい体の中に潜む怪物の存在を」

兄の片手が背後に回り、三輪の尻肉を鷲掴《わしづか》んで、きりきりと摑み締める。

「その怪物は、本当に、許して欲しがっているのか？　ん？」

「……ッ……！」

「言いなさい」

ぐいっ、と孔に指を埋め込む。浅い部分を軽く掻き混ぜられて、太く冷たいものを咥えさせられた口から、「ううっ」と声が漏れた。

「お前のここは、どうされたがっている？　やさしく、ゆっくり、恥ずかしくないように慰められたいだけか？　それとも——」

裂かれて、抉られて、ひどくされたいのか。

至近距離の兄の目の奥に、血の色の花のようなものが咲いている。病んだ目を見開き、口に水晶のディルドの先端を含んだまま、三輪はそれに見入った。

魅入られる、というのは、きっとこういうことなのだろう。三輪は舌を使ってディルドを押し出し、兄に——兄の目の奥に息づくそれに、唇をひそひそと動かして懇願した。

「——……ひどくして」

梓馬も、充分に若くたくましく手加減せずに三輪を蹂躙したが、三輪の中に棲《す》むモノはそれだけでは満足できない。もっと意地悪く、もっと残酷に、そして何より執拗に扱われなければ、物足りないのだ。

——あれが欲しい。もっともっと。もっと沢山、もっと、血が出るほどひどく、泣いて懇願しても止めてもらえないほど、ひどく——……。

「いい子だ、三輪——」

兄の顔がにこりと笑い、その手が髪を撫でる。

（ああ、京兄さんが褒めてくれた……）

夢見るような心地で自ら爪先立ち、かしゃん……と手鎖を鳴らして、兄に口づける。

同時に、兄が逆手に持ったディルドを、少しの容赦もない力で、ひと息に、三輪の中に突き込んでくる。

「ア――……ッ……！」

掠れる悲鳴と共に、がしゃがしゃと騒がしく鎖が鳴る。

＊　＊

――ひとつのことを、思い出した。

子供の頃、「あまり梓馬に構うな」と、時折、言葉少なに、だがひどく辛辣に三輪の前に立ち塞がって告げてきた兄の目。

その目の奥にあった、寂しさを訴えるような色に、本当は気づいていなかったわけではなかったことを。

だが、まだ幼かった三輪には、わかりやすく大きな声で寂しいと主張する梓馬を抱きしめるだけで精一杯で、年長の、しかも完璧な優等生だった兄の心まで思い遣る余裕はなかったのだ。

兄は寂しい人だったのだ。梓馬と同じように、誰かに抱きしめられ、愛されたかった人だったのだ
――と気づいたのは、いったい、いつのことだっただろう……？

――気づいてあげられなくて、ごめんなさい……。

そう思いながら、兄のために泣いたことがある。

その胸が潰れるような感覚を、三輪は思い出した――。

＊　＊

硬いもので奥のほうをガツガツと突かれ、同時に乳首を兄の胸板で責められ、性器までしごかれて、すでに梓馬に絞り尽くされていた三輪の体はもう達することもできず、悲鳴と共にたらたらと薄い精液を垂らすのがやっとだった。

「っ、ひ、ぃ……」

息の根が止まりそうだ。いっそそうなってくれれば楽なのに、と何度思ったか。

これはもうセックスなどではなく、拷問以外の何ものでもない。手枷《てかせ》を嵌められている手首に、体重がかかって痛い――……！

「三輪」

察した京が、抱き上げてくれる。手首は少し楽になったが、片足を抱え上げられた体勢に、新たな慄きが生まれる。

京が手を離したディルドが、三輪の体から、ごとりと落ちて転がる。

その生々しい音に身が竦むより早く、兄が剝き出しにした股間のものを宛てがってくる……。

「あ……っ」

兄の肉と、繋がる。

どう逃げても逃げられない現実の感覚が、三輪の体を下から串刺しにしてゆく――。

「……っ」

「っ……どうした、三輪。何か言ったか……？」

吊り下がる体を揺さぶり上げながら、兄が問う。

「……っ、な、さい……」

ほろほろと涙を流し、ほとんど正気を失いながら、三輪はかろうじて囁いた。

――ごめんなさい。

ごめんなさい、にいさん。

兄さん、兄さん――……義兄さん。

あなたに愛されていることを、ずっと気づかないでいて……ううん、違う。気づかないふりで目を逸らしていて、ごめんなさい。

あなたが金銭的なことで悩んでいる時も、ぼくは何の力にもなれなかった。その上あんな死に方をして、あなたを生涯苦しめてしまうなんて。

優柔不断なぼくは、何もかも中途半端《ちゅうとはんぱ》なまま、体を失くしてしまった。あなたのそばで、長く生きることすらできなかった。それがあなたを、この家を彷徨う、不幸な呪いの権化《ごんげ》にしてしまった。

本当は、ずっとあなたのそばにいたかった。

自分を呪い続けているあなたの魂を慰めたかった。今にも消えそうに弱々しいぼくの声など、呪いに捕らわれているあなたには、到底届きはしなかったけれど。

そばにいたかった。そばにいた。

ぼくはずっとここに。あなたのそばにいたのに——……。

がしゃん、と鎖が鳴る。

体の奥に兄の迸りを受けて、三日月のように背を反らせた三輪は、かくりと脱力し、兄に抱え上げられたままの姿勢で、意識を飛ばした。

「にい、さ——……」

涙と、声になりきらない囁き。

静寂の降りた寝室に、天井の鉄輪だけが、きぃきぃ……と、耳障《みみざわ》りな音を立てていた。


ひっく、ひっく、う、えええ……。

三輪は悲痛な泣き声を耳にし、ふっ、と意識を取り戻した。

時刻が夜であることは、窓の外から聞こえる夜啼鳥《よなきどり》の声でわかる。三輪は墨を流したような暗闇の中、目を瞠って、自分の左右を見回した。

——何も見えない。

肌の感触から、自分が今、きちんと清潔な夜着を着せられて、ぴんとシーツの張られたベッドに横たえられていることがわかる。腰の奥に鈍痛が残ってはいたが、情交の痕跡は、体内まで後始末がされていた。

凄惨《せいさん》な記憶が、生々しくよみがえる。

（梓馬とも、兄さんとも、した……）

熟んだような熱に捕らわれながら、三輪は思った。自分があんなことをしでかしただなんて、とても現実とは思えない。だがあれは、淫夢などではない。自分は、確かに、義弟と寝て、実兄に犯された——……。

「……っ、う、ううう……」

だが今、部屋の中ですすり泣いているのは、三輪ではない誰かだった。その声の悲痛さに、三輪は体を起こす。

「……誰？　そこで泣いているのは、誰——？」

「……っ、三輪っ……？」

かしゃん、と鎖がいきなり引っ張られたような音と共に、半泣きの声を上げたのは梓馬だった。床に近い位置から声がしたことから推測するに、まだ手錠で家具の脚に繋がれたままなのだろう。

——ひどい。

三輪は京と摂子の仕打ちに憤った。冬ではないとはいえ、こんな夜半まで着の身着のまま床に座らされていたら、風邪を引いてしまう——。

三輪はとっさに肌掛けを摑み、するりとベッドを降りようとした。だがその手首もまた、がしゃん、と鎖の鳴る音と共に、引き留められてしまう。

三輪は病んだ目のことも忘れ、思わず、後ろに引かれた自分の左手首を振り返る。そこには手枷の感触があり、それに繋がる鎖の重みも感じられた。ぴんと張ったその先は、おそらくベッドの支柱に取りつけられた鉄輪だろう。無駄と知りつつ二、三度引いてみて、三輪はそう確信した。

——京だ。同じ部屋にいる梓馬と三輪を、互いに触れ合えないように離して束縛するなんて、そんな残忍なことを、あの兄以外の誰が思いつくだろう……。

ぞっと肌を粟立てる三輪に、再び、半泣きの声が呼びかける。

「三輪、三輪……大丈夫？　体、どこか痛いところ、ない？」

あんなにも淫らに快楽を欲しがる場面を見られたのに、梓馬の声には三輪を咎めたり嫌悪したりする気配は一切なかった。ただ純粋に、心の底から三輪を案じる気持ちが、まっすぐに伝わってくる。

「梓馬……」

そのことが、三輪は涙が出るほど嬉しかった。この体が——ぐずぐずに蕩けている時とはいえ——実兄に責められることを望んだことだけでも死にたいほど恥じ入っているのに、その上それを目撃したこの義弟から、淫乱めと軽蔑されでもしたら、きっと正気ではいられなかっただろう。

「大丈夫だよ。どこも痛くも苦しくもない。お前は——？　お前こそ、大丈夫かい……？」

「三輪ぁ……！」

ひく、しく、しく、としゃくりあげる声。

「俺の、三輪っ……！」

三輪は左手を手鎖に捕らわれたまま、精一杯自由になる右手を伸ばした。義弟が泣いている。早く慰めてあげなくちゃ。「梓馬、梓馬」と呼んだ声に応えて、義弟が手を伸ばしてきたらしく、ようやく、梓馬の指先らしきものに、ぱしりと手が当たる。

「梓馬……！」

「み、わ……！」

三輪は必死で空を掻いて義弟を求めた。その手に応えようとして、梓馬もまた、精一杯指先を伸ばしているのがわかる。

梓馬に触れたかった。触れ合って、抱き合い、互いが味わった苦痛や屈辱を慰め合って泣きたかった。

だが三輪の指先が梓馬のそれに絡んだ刹那、無理な膝立ちの姿勢を取っていたらしい梓馬が、どたん、と派手な音を立てて転んだ。「うぉ」と潰れるような声がしたのは、顔面を床に打ちつけたかららしい。

「あ、梓馬……！」

大丈夫かっ、と駆け寄っていたわろうとしても、手鎖が無情に鳴るだけだ。がちゃん、と鳴るそれに、はっ、と息を呑む。

幾度も幻覚の中で聞いたそれは、自分たち三兄弟に繋がる汐月の血を呪うものだ。

――一瞬、何かが、頭をかすめた。

……義兄《にい》さん。

闇が心の中に浸潤《しんじゅん》してくるように、真っ黒い呪いが起き上がってくるように、何かが、じわりと三輪の中に混ざろうとしてくる。三輪に似てはいるが、三輪ではない、誰かの感情が、流れ込んでくる

――……。

――お願い、気づいて。

――ぼくがここにいることに、気づいて。

――義兄さん。

――義兄さん。

――可哀想な、人……。

「三輪っ」

梓馬の必死に呼ぶ声に、泡沫《バブル》がぱちん、と弾けるように正気に戻る。

(今ぼく、誰のことを考えていた……?)

自分にとって京は実兄だ。義兄ではない。なのに三輪の心に忍び込んでその意思や思考を借りようとする何者かが、京ではない誰かのことを「義兄さん」と呼ぶのだ――。

そんな茫然とした三輪の耳に、梓馬の性急な声が飛び込んでくる。

「三輪、今、三輪の右足のもう少し右の後ろに、針金が転がってる」

「……っ、え……?」

「京がピッキングに使ったやつだ。それを、俺のほうへ投げて!」

ひそひそと低めた声の、素早い囁き。その切迫した声音に、三輪は意識せず、ごくりと喉を鳴らした。

互いの手錠と手枷を開錠して、逃げようというのだ。確かに、これが最後の――「何の」最後かは考えたくもない――チャンスかもしれない。ここを逃せば、もはや正気を失っている京と、不気味な正体を現した摂子の手から逃れることはできなくなる。できなくなって、それから自分たちがどうなるかは――これも怖ろしくて、考えたくもない……。

三輪は手鎖に左手を取られたまま、跪いて必死に床を探った。厚いが古い絨毯を掌で撫で回す。焦っているためか、すぐ間近にあるはずのそれは、なかなか手に触れない。「どこ？」「もう少し右！　あ、それじゃ行きすぎ！」と互いに焦りながらのやりとりを二、三度繰り返し、せっかく手に触れた針金が弾かれて転がって逃げ、二度ほどひどく狼狽した末に、やっと三輪はそれを手に取ることができた。

「三輪、こっち！」

「う、うん、わかった……」

こういう運動神経や勘を必要とすることは、まったく駄目な上に、暗闇ではまったく盲目の三輪だ。間違って明後日《あさって》の方向へ投げてしまったらどうしよう、と怯えたが、躊躇している暇はない。

投げる。とん、と絨毯に物が落ちるかすかな音。

幸い、「よしっ」という声が聞こえ、梓馬は針金を手にすることができたようだった。息詰まるような空気に、かちゃ、かちゃ……と鍵穴を弄る音が響く。

ほどなく、ぴん、とかすかに錠の外れる音がした。どうしてこの義弟までピッキングなんて怪しい技術を身につけているんだろう、などと考える余裕もなく、梓馬の気配が詰め寄ってくる。

「少しじっとしててね」

そう囁かれるや、手鎖に繋がれた左手に、梓馬の手がかかった。しばらく支えるように触れられて、やがてかちゃん、と手枷の外される感触がある。

「――……三輪っ……」

梓馬に抱きしめられる。しっかりと胴を巻き絞めてくるその腕の感触に、三輪は思わず深い吐息《といき》を漏らして目を閉じた。

「梓馬……梓馬、ごめん……！」

「いいんだ、それより早く逃げよう。立てる――？」

「立てる、けど……」

おそらく階下にいる京を、どうやって振り切って逃げるんだ、と問おうとした三輪を、梓馬はいきなり剝がしたシーツで包み込んだ。

「えっ、ちょ……」

そのまま、ちょうどスリングに包《くる》まれる赤ん坊のような格好にされる。「ベランダから降りるから」と告げられて、「ええっ」と思わず声を上げてしまった。いくら細身でも、自分とてそれなりに成人男子らしい身長と体重を持っているのに。

「大丈夫、俺、こういうのには慣れてるから」

「慣れてるって――……」

絶句する三輪の前で窓枠《わく》から外したカーテン同士を継ぎ結びながら、梓馬は当然のことのように告げる。そして、「行くよっ」という掛け声が終わるよりも早く、ふわっ、と体が浮く感覚に包まれた。

悲鳴を上げる間もない。

えっ、と思った次の瞬間には、梓馬の足が地に着いたらしい、すとん、と軽い衝撃があった。人ひとりを抱えているとは思えない、まるで特殊部隊のような動きに、心臓が一瞬、動きを止める。

――何て子……。

自分を軽々と扱う義弟の体のたくましさに感動しつつ、三輪は思わずその胸元に抱きつこうとして、慌てて断念した。今はそんな場合ではない。

そんな次兄の仕草を、だが梓馬は見逃さなかった。両足を空に浮かせたまま、ちゅっ、と唇を吸われて、三輪は強い酒を飲んだようにカッと頬を熱くする。

「……行こう、三輪。一緒に」

梓馬が囁いたそのひと言には、ありとあらゆる想いが込められていた。目の前でどんな痴態《ちたい》を見せられようとゆるぎない愛や、自分だけのものになって欲しいと望む独占欲。そして、傷つけられた三輪への慰めといたわり。

三輪は、うん、と頷く。このままここに――京のそばにいれば、自分は際限なく欲望に蕩け、溺れてしまうだろう。そうなれば待ち受けるのは、実兄とすら躊躇なく交わる淫獣と化す末路だ――。

淫らな想像に、ずくり、と腰の奥が疼く。

（嫌だ――……）

刹那とも言えないほどの刹那、心に湧き上がる「それもいいかもしれない」という黒い想いを、慌てて振り払う。性欲は自然なものだと梓馬は言うが、だからと言って、いくら何でも人間を辞めたくはない。ましてそれが、この家に関わる呪いだというなら、全力で逃げなくては――……。

「ちょっとごめんね。車、開けちまうから」

そう告げた梓馬は、裸足の三輪をいたわりつつそろりと地面に降ろすと、音もなくそばを離れた。ほどなくして、かちゃかちゃ……と鍵穴を弄る音が聞こえてくる。車のドアを開錠しているのだ。おそらくキーを京か摂子に取り上げられているのだろう。今の梓馬は、その気になれば自動車泥棒までできるらしい。

感心しつつも、まさか、いつもこんなふうに非合法なまねをしているんじゃないだろうな――と、さすがに心配になったその時、三輪は背後から伸びてきた双腕に、音も立てずに抱きすくめられた。

「……っ！」

口を掌で塞がれ、声も上げられない。まるで神隠しに遭うように引き攫われて、たちまち、その場から遠ざけられる。

（梓馬っ……！）

義弟のいるだろう方角に手を伸ばす。

だがそんなささやかな抵抗などとても敵わない速度で、体が運ばれていく――。

（梓馬ァッ……！）

ホゥホゥ、と夜鳥が鳴いた。

「見なさい、三輪。月が綺麗だ」

兄の声にそう告げられても、三輪の目では何も捕らえることができない。

京の腕に抱えられて夜の森をひた走り、辿り着いた先は、ひたひたと揺蕩う水の音と、ひんやりと冷たい風に満ちた場所だった。おそらく、先日京に連れて行かれたあの湖のほとりだろう。

ざ……とさざ波の音。

ゆるぎなく三輪を抱きかかえたままの京が、一歩を踏み出す。するとその足元から、ゆら……と、奇妙な揺れが伝わってくる。

ぎ……ぎ……と、板を踏みしめる音。吹き抜ける水気を孕《はら》んだ風。板を打つ波の音が真下から聞こえる。

三輪は悟った。ここはおそらく、浮桟橋の上だ。以前は貸しボートの営業に使われていたというそれを、ぼんやりとだが見た記憶がある。

ここは水の上か——……そう悟って、三輪はぞくりと震え上がった。兄が——この狂って壊れた兄が、自分をここに連れてきた目的が、何となくわかってしまったからだ。

夜風に吹かれて、ふわっ……と前髪がなびく。

兄は沖へと歩むのを止めない。

「少し欠けているが——……満月に劣らない輝きだ。美しいな——……」

ほぅ、と感嘆のため息を漏らす兄の腕の中で、三輪はがたがたと体を震わせる。

「にい、さ……」

「許さないと言っただろう？」

物柔らかな、それだけに底知れず怖ろしい声——。

「梓馬の……梓馬だけのものになろうとしたら、決して許さないと」

「……っ」

空に抱え上げられたまま、双腕でぎゅっと抱きしめられて、ひくっ、と体が固まる。

「お前が、わたしとのことをすっかり忘れて子供に戻ってしまったと知った時も、わたしは平静を装いながら、内心ではお前に手をかけて一緒に死のうか——と考えていた」

ぴしゃぴしゃ……と波が岸を洗う音。

「……だってそうだろう？　直接の血縁のない梓馬と違って、わたしは間違いなくお前の兄だ。あいつと違って——一度目の奇跡が失われたら……二度目はない」

「にい、さん……？」

ぎっ、と大きくたわむ木材を踏みしめて、兄は止まった。

「三輪」

兄がどこか、遠いところを見ているようにひとりごちる声で呟く。

「こうするしか――もう、わたしには、お前を手に入れる方法がないんだ」

ふふっ、と自嘲《じちょう》の笑いが零れてくる。

「もっと早く――……お前を、実の弟を愛してしまったと気づいた時に、こうしておけばよかったな――……」

そうすれば、お前が別の男を愛してしまうところを見ることもなく、黒く歪んで、お前欲しさに傷つけ泣かせることもなく、お前をひとり占めできない飢餓感を堪える必要もなかっただろうに――。

理路整然と狂った内容の言葉を呟く兄の胸に抱き込まれながら、三輪はその声に、茫然と耳を澄ませていた。

――愛してしまった。

どくん、と心臓が爆《は》ぜる。

（に、兄さんが……兄さんが、ぼくを――……？）

途端に、わっ……と心の底から湧き上がってくるものがある。どっと脳の中に、熱い血が押し寄せる。

――愛されていた。

ではあの、とうに成人した実の兄弟にしては異様に近い距離や、妙に甘い態度。そして豹変した時に見せる、熱を帯びた目は、弟にではなく、片思いの恋人に向けられたものだったのか。あの渇望《かつぼう》に満ちた愛欲の仕草は、飢えた獣のようにこの体を貪る行為は、残忍さから三輪を苦しめて愉しんでいたのではなく、兄自身が、許されない想いに苦しむがゆえのものだったのか――。

つきん、と頭の芯に痛みが走る。

うっと呻いて身を丸める弟に、「三輪……」と甘く囁きつつ、京が口づけてくる。

「永久《とわ》に共に」

兄の吐息を間近に感じたまま、三輪はぐらりと重心が傾く感覚に襲われた。

「待って、にい、さ――……！」

どぼん、と落ちる。

がぼり、と水に呑まれる。

とっさにもがいて浮き上がろうとした三輪の体に、京の腕が絡みついてきた。長く優雅なそれが、逃してなるものかとばかり、三輪を水底へと引き込もうとする。

怖い――……！

けれども三輪は、自分を暗いところへ引きずり込もうとする兄を振り払うことを、一瞬躊躇した。

そんなことをしていいのか、と一瞬にも満たない時間の中で、ふと思った。

この人はぼくを愛している。黒くねじれてはいるけれど、ひたむきにぼくだけを想ってくれている。

――その愛を、足蹴《あしげ》にしていいのか……？

三輪はもがく手足を止めた。そうと悟ったのか、兄の手が一瞬、三輪を引くのを止める。

その時、頭上の水面を割って、兄ではない若い男の腕が、がぼりと潜り込んできた。

その手が、三輪の手首を摑む。摑んで、力強く引く。

絡みついていた兄の手が、体からほどけるように離れるのを、三輪は感じた。明らかに、兄は自分の意思で手を離した。

たちまち、三輪は水面上に引き上げられる。

「三輪っ！」

浮桟橋の上にいたのは、梓馬だった。声でそれがわかった。

「三輪っ、大丈夫か！　ほら、摑まって！」

三輪はむせ込みながら、桟橋の板の上に引きずり上げられた。濡れて重い体を四つ這いにさせ、ひたすらぜいぜいと呼吸をする。

「三輪っ、よかった、三輪……！」

自分が濡れるのも構わず、梓馬は三輪を抱きしめ、背をさすってくれる。

その胸の中で、三輪は虚空を見上げた。

少し欠けた月があるはずの、夜空を。

「……兄さん」

無意識のうちに呟いた三輪の顔を、はっ、と息を呑んだ梓馬が覗き込んでくる。

「兄さん、兄さん……！　兄さん、は？」

「三輪……」

「兄さん……！　兄さんを助けなきゃ――！」

手探りで桟橋の端を辿り、再び水面に身を乗り出そうとする三輪を、

「三輪っ！」

若い手が、肩を摑んで引き戻す。

「正気か！　あいつは三輪を道連れにしようとしたんだぞ！」

「違う！」

違わない。でも、違う――！

「兄さんは、さっき、ぼくから手を離してくれた。お前が助けに来たのを知って、ぼくを譲り渡したんだ……！」

京は三輪を助けようとしたのだ。そして、自分ひとりで死ぬつもりなのだ。何もかもを諦めて――。

三輪はゆらゆら揺れる桟橋の上から、兄を呑み込んだ水面に向かって叫ぶ。

「兄さん、京兄さん！　嫌だ、行かないで！　兄さん！　兄さん！」

嫌だぁぁ、と叫ぶ声が、夜風の中に散った。

◇　◇

三輪は口元までぴったりと毛布にくるまった姿でソファに沈み込み、まんじりともせず、朝の光を浴びていた。幸い、明るい光のもとでは、その双眸はそこそこの視力を取り戻しているが、顔つきは茫洋《ぼうよう》としたままで、開いた目は何も見ていない。

「三輪さま、スープだけでも召し上がってくださいませ」

再び地味な家政婦姿に戻った摂子が、気遣わしげに腰を屈めてくる。

「うん……」

いらない、と反抗する気力もなく、三輪はこくりと頷いた。摂子はキッチンに消え、ほどなく、具のないコンソメスープを皿ではなくマグカップに入れて現れる。

「――……あなたのこと、思い出したよ、摂子さん」

そのカップを受け取って、口元に運びながら、三輪は呟いた。

「あなたは元々、ＳＭクラブの女王様で、汐月画廊の裏の顧客で――……そして兄さんの、相談相手でもあった」

「三輪さま――……」

「あなたはぼくたち三兄弟の秘密を知る、唯一の外部者だった。ぼくを――実弟を愛して悩んでいる兄さんに示唆《しさ》を与え、ぼくを体から籠絡《ろうらく》しろと教えたのもあなただった」

そうでしょう、と問うと、摂子は苦笑いの顔で、ゆっくりと頷いた。

「わたくしは、あなたがた三人を長年見守ってきました。サディストに見えて実は根の深いマゾヒストである京さまは、わたくしの大切な同志であり弟子でありお友達です。そして三輪さま、あなたはそんな京さまの唯一の想い人であり、すべてでした」

「……」

「梓馬さまにとっても、あなたは兄であり母であり恋人であり――この世で唯一の存在でした。あなたは、そんなおふたりの想いを、それぞれにしっかりと受け止めていらっしゃった」

「……ふたりとも手放したくなかっただけだよ」

こくり、と三輪はやさしい味のスープをひと口飲む。

思い出したのだ、何もかもを――。

「あのふたりと、別々にするのも、同時に抱かれるのも大好きだったんだ――ぼくは、どうしようもない淫乱だった……」

生命の危機にさらされた衝撃が口火を切ったのだろうか。断片的に、だが次々と性体験の記憶がよみがえってくる。そのどれもこれもが、言葉を失なうような代物だ。

四年におよぶ兄の愛人としての生活の果て、あの嵐の夜、浮桟橋の上で右と左に兄と義弟を抱きしめて叫んだ言葉も思い出した。愛してる梓馬。愛してる、兄さん。

――二人とも愛してるッ……！

脳内に響き渡る自分の声に、三輪は顔を伏せて恥じ入った。なんてことをしていたのだろう、自分は。ふたりの青年を――しかも兄弟を――ふたりながら欲しがって――……。

「そうだとしても、それは誰からも責められる筋のことではございませんわ、三輪さま」

摂子は相変わらずの得体の知れなさを見せながらも、本心からだとわかる口調で三輪を慰めようとする。

「わたくしは、あなたがたの愛のかたちが心から好きでした。おそばであれこれとおせっかいをし、お助けしてきた理由は、ただそれだけです」

「……」

「京さまも、きっとご無事でいらっしゃいます。気丈夫にお待ちくださいませ」

摂子がにっこりと笑ったその時、玄関が開く気配があった。三輪はハッと振り向き、体にかかっていた毛布を跳ね飛ばして駆け出した。

「兄さん！」

だが玄関で泥だらけの長靴を苦労しつつ脱ごうとしていたのは、梓馬ひとりだけだった。その顔つきから三輪は、捜索が絶望的な段階に入ったのだと悟る。

「ごめん、三輪……見つからねぇ。あいつ、どこ行っちまったんだか、ドザエモンも浮かんで来ねぇんだ」

「……っ……」

「ごめん、三輪。捜索は警察が続けてるから、ちょっとだけ休ませて」

腹減って……と疲労困憊《こんぱい》の顔で力なく呟く義弟を、三輪は黙って抱きしめた。

痛みと悲しみと喪失感が、その一対の頭上に降り積もってきた。


それは、熱いシャワーを浴び、たっぷりと昼食を摂った梓馬が、再び捜索を手伝うために湖へ向かった数時間後のことだった。

その時、ずっと気を張っていた三輪が、ソファで深く眠り込んでいたのは、頑として寝室で休もうとしない三輪を見かねた摂子が、一服盛《いっぷく》ったからであるらしい。

ふ、と目覚めた三輪の前にあったのは、奇妙に暗い――というより、黒い靄《もや》が立ち込めているような、あの夢の中の光景だった。インテリアも壁紙も、今よりも数世代は古い意匠《いしょう》のものだ。

（また、あの夢――……？）

兄さんがこんな時なのに、と戸惑うより先に腹立たしくなる。呪いだか怨霊《おんりょう》だか知らないが、いい加減にしてくれ――。

その首に、背後から濡れた手が絡んでくる。

ひ――と、悲鳴を呑む。

「……三輪」

ぎしぎしと軋むような、錆《さ》びついたロボットがしゃべるような、奇妙な響きの声が、三輪の名を呼んだ。

「汐月ノ、家ノ子ヨ」

それは兄の声であって、兄の声でなかった。

「お前たちハ呪イヲ受け夕身……」

背後にいるものが、得も言われぬ冷気を放っている。この存在感の禍々しさは、幽霊――というより、魔物とか妖怪と言うべきかもしれない。

「苦シムがいい、溺レルがイイ――……わたしガ犯シタ罪を、そうシテ、永劫《えいごう》に背負い続けてクレ……我が子孫タチよ……」

「――っ、あ、あなたは……」

「わたしは……わたしハ、和泉を愛シテイタ」

魔物は、三輪の首を左右から摑みながら、悲嘆にくれる声で訴えた。

「ナノニわたしハ、あの子を死なセ――……あまつサエ、その死の責めを負うことスラできなかっタ。あの子を死に至らシメタ真相ヲ、世間に明らかにシ、哀れな犠牲者トシテ弔《とむら》うことすらしてヤレナカッタ――……汐月の家を、守るタメニ」

三輪の目の前で、美貌の青年が酔った半裸の男に絡まれていた。「離してくださいっ！」と男の手を振り払い、激昂《げっこう》した男が、「何をこの淫売屋の家の子が気取りおって！」と大喝し、さらに摑みかかる。

青年は、その手を避けたようにも、はずみで押されたようにも見えた。「っ」と悲鳴にもならない声を放ったきり、その体は階段を踏み外して空を舞い、激しい音を立てて転げ落ちた。

受け身も取れないまま、後ろ向きに落下したのが不運だった。青年は欄干《らんかん》の柱に幾度も激しく頭をぶつけ、一番下まで落ち切った時には、ただでさえ損傷した首にまともに体重が乗って、ことり、とありえない方向に曲がったまま停止した。伸びた体は、もうぴくりとも動かない。美貌の青年は、頭《ず》陀袋《だぶくろ》のように床に転がって、死んだ。

「わ、わたしじゃない！」

半裸の男が、へたり込みながら無様に叫ぶ。

「わたしじゃない、わたしは何もしておらん！　あれが……あの若造が、勝手に転げ落ちたのだ！

わたしは悪くない！」

その様子を、呼ばれて駆けつけてきた男――おそらく三輪たち三兄弟の高祖父である弥一が、子孫の京に似た相貌を蒼褪めさせて、じっと凝視していた……。

「わたしハ、汐月の家の安泰ト、あの子ノ命を秤《はかり》にカケテ、家ヲ選んダ。家を残シ、子孫タチにそれを伝えるコトヲ選んダ――……汐月の家があの時代を生き残れタノハ、あの子の犠牲がアッタカラダ」

ぐいっ、と冷たい指先が、三輪の喉首にめり込んでくる。本気で絞め殺す気はない、だが憎しみに塗れた指先――。

くふっ、と呻きが漏れる。

「あの子ノ犠牲ヲ代価に得タ安寧《あんねい》の中で暮らす子孫ハ、その呪いヲ受けなくてはナラヌ。淫売の罪と引き換えに得た富貴《ふうき》を享受《きょうじゅ》して生きる者は、淫の罪に塗れテ生きねばナラヌ……。三輪、お前はその申し子ダ。これからモ存分に実の兄と義理の弟を惑わせるがイイ――……」

「……っ、ふ、ふざけ、るなっ……！」

三輪は喉に食い込む指先を懸命にほどこうとしながら、吐き捨てた。

「何が呪いだ。汐月の呪いなんてない！　和泉さんは、あなたも、汐月の家も呪ってなどいない！　あなたが愛した人は、そんな人ではない！　あなたはただ、悔しいだけだ。和泉さんを愛していたのに、それを告げられなかったことが――愛しい人と、心を通じ合わせることができなかったことが、心残りなだけだ！　あなたは、自分の未練に過ぎないものを、自分勝手に呪いにしているだけだ！　そんなものに、ぼくたちが操られるものか！」

「……！」

「呪いなんかじゃない！　ぼくは……ぼくは、兄さんと梓馬を、心から好きなんだ！　呪いなんか関係ない！　ぼくは、あのふたりを――真実、愛しているんだ！　この世に生まれた時から……いいや、生まれる前から！　自分の意思で！」

三輪の啖呵《たんか》に、指の力がふと緩む。三輪もまた、言葉つきを柔らかく改めた。

「弥一さん、もう、苦しむのはやめてください。その体を、京兄さんに返してください――……和泉さんは、ほら、あなたのそばにいる――」

義兄さん。

そう呼びかけながら、怨念《おんねん》に凝り固まった指を温めるように手を添え、ゆっくりと剝がす。

そして振り向き、振り仰ぎながら、三輪は自分ではない者の意思で呼んだ。

「義兄さん」

「――……和泉……？」

「義兄さん……ごめんなさい」

あんなふうに突然、あなたの心に爪を立てたまま死んでしまってごめんなさい。あなたが死ぬまで――死後も、苦しみ抜いているのを、ただ見ていることしかできなくて、ごめんなさい。

「本当は、ずっと、あなたのそばにいました、義兄さん――弥一さん」

するっ、と腕が動く。

その腕が、全身を濡らし、泥だらけ痣《あざ》だらけの、髪を乱して眼鏡もない兄の首を抱く。

「怨んでなど、いません……むしろあんな死に方をして、あなたを苦しめてしまって……あなたの愛情に何ひとつ応えられないまま死んでしまったことを、ずっと謝りたかった」

「……和泉……」

「ぼくも、心からあなたを想っていました――今も、これからも、永久《とわ》に」

ソファの上に膝を突き、伸び上がって、口づける。

ザッ……！　と、梢の音。

どこからともなく、風が吹き過ぎる。

山荘にわだかまる黒いものを吹き払うかのように。

湖の捜索から疲れ果てて帰宅した梓馬と摂子は、迫る夕刻の光の中、口づけを交わす京と三輪を目にし、驚きと感嘆の思いで、その場に立ち竦んだ。

＊　＊

◇　◇

とりあえず警察その他への連絡は自分が引き受けるから、全員、即風呂へ直行なさい！　という女王様の勅令《ちょくれい》を受けて、三兄弟はそろって浴室へと追い立てられた。

半死半生の状態で生還してきた京と、その京を捜索して湖周辺を這い回っていた梓馬は、もちろんどちらも濡れねずみの泥塗れだったが、そんな兄にひしと縋りついた三輪も、今や負けず劣らずひどい姿だった。ふたりの男がそれぞれ泥を持ち込んだ玄関と、汚泥《おでい》の飛び散ったリビングのソファ、そして三兄弟が脱ぎ捨てた服を見て、さすがの摂子もため息をつきながら「これは大変ね……」と零していたものだ。

頭上から、シャワーの熱い湯が降りそそぐ。

「……」

三人そろって全裸でその湯を浴びながら、三兄弟は誰もが無言だった。何を話していいか誰もわからず、言葉を必要とする場面でもなかった。

京の手が上がる。そろりと三輪の背に触れ、貝殻骨《かいがらぼね》のあたりに触れ、背筋をまさぐる。

梓馬の手が伸びる。背後から三輪の喉元に触れ、胸元を撫で下ろす。

「ん……」

唇へのキスは京から。うなじへの愛咬《あいこう》は、梓馬から。

「は、っ……ああ……」

シャワーの音に、密やかな吐息が混じる。それは白いタイル壁に反響し、清潔な浴室を、妖しく淫靡な空間に変えた。

「三輪……」

京の囁き。

「三輪っ」

縋りつくような、梓馬の甘え声。

「好きだ」

「大好きだよっ……」

三輪は目を閉じて、兄と義弟の肌の感触と、幸福感を味わう。

「愛してる、兄さん」

目の前の怜悧な顔にキス。

「愛してる梓馬」

振り向いて、背後の彫りの深い顔にキス。

「ふたりとも愛してる――……」

それは、この異形《いぎょう》の愛の完成した夜に、三輪がふたりの愛する男に贈った告白だった。京も梓馬も、三輪がその言葉を口にした意味に気づいたようだ。

「三輪っ……思い出したのっ？」

「うん」

「全部？　何もかも？」

三輪は頭髪から湯を滴らせながら、にこりと笑う。

「湖に――兄さんと沈んで、お前に引き上げられた瞬間、思い出した。それまで断片的に思い出していたことが、全部繋がったんだ」

それを聞いて、京と梓馬が、まるで示し合わせたように同時に「ああ……」とため息をつく。

「せっかく三輪を俺だけのものにするチャンスだったのにぃ～」

背後から肩に手を置き、額をうなじにつけるように、がっくりと項垂れたのは梓馬。

「よかった、誰にもお前を取られなくて済んだ――……三輪……」

ほっとして正面から寄りかかってくるのは、京。

「ごめんね――ふたりとも」

こんなにも大切で愛しい恋人たちを、苦しませてしまった――と、今さらながらに罪悪感が重く胸に迫る。

京が湖で口走った通り、兄弟三人の禁忌を踏み越えた愛が叶ったのは、正真正銘の奇跡だ。もし、あの日あの時に至る出来事がひとつでも欠けていたら、三輪が彼らを受け入れることはなかっただろうし、背徳の関係に踏み込む蛮勇《ばんゆう》も湧かなかっただろう。

奇跡は、二度期待できるものではない。京も梓馬も、三輪の記憶が失われた時、果たしてもう一度自分と愛し合ってくれるだろうか、今度こそ恋敵に奪われてしまうのではないか――と、どれほどの焦燥《しょうそう》と絶望感に駆られたことだろう。

その痛みを、記憶を失っている間の自分は、まったく思い遣れなかった。やむを得ない状況だったとはいえ、むごいことをしてしまった――……。

「許して」

目を閉じて、左右の腕でふたりの恋人を抱く。

「許して――……」

ざあぁ……と、寄り添い合う三人の青年たちの上に、シャワーが降りかかる。

するりと、背筋から腰のくびれを滑り下りる手が、三輪の尻肉を摑む。シャワーが止まり、淫らな音を掻き消してくれるものがなくなった空間に響くのは、四本の腕に絡まれ、左右の尻をそれぞれ別の男の手で揉みしだかれる三輪の、熱く熟れた喘ぎだ。

「あ……にい、さ……あずま……――」

快楽が高まるにつれ背が反り、尖ってせり出す胸先の粒が、ころんとした硬さを持ち、触ってくれとばかりに震え始める。

「木苺《きいちご》みたいだ」

感動に声を震わせながら、梓馬がそれを指先で摘まむ。

「ああ、可愛いな……」

京はその反対側を、掌で撫で回すようにして転がした。

「……っ……」

それだけで、もう、たまらなく心も体も痺れて、三輪は声を失った。濡れた肌を、前後から濡れたふたつの体に挟まれて、肌を触れ合わせ、胸板を擦りつけられ、四つの手で競い合うように奥までまさぐられる。頭の中が掻き回されて、もう何もわからない……。

「すごい、ぐっしょりでぬるぬるだ」

森でカブトムシを見つけた子供のように、梓馬が嬉しげにはしゃいだ。背後から前に回ったその手は、三輪の股間を弄り回して玩具にしている。

「——やっぱり、俺ひとりに抱かれるより、ふたりがかりでされたほうが、感じるんだね、三輪は」

「この子は苛められて泣くのが、心底好きだからな」

きゅっ、と指先で乳首をひねりながら、京が言う。

「兄さんが——……」

「何？」

「兄さんが、ぼくを、こんな休にしたんじゃないか……！」

四年も、愛しているのひと言もないまま、わけもわからずこの山深い山荘に閉じ込められて、ひたすら具合のいい愛人として調教された日々。

記憶が戻り、今改めて新鮮な気持ちで顧みれば、やっぱりつくづくとひどい……と、新しい怨みつらみが湧いてくる。

上目使いで放った怨み言に、だが京は苦笑した。

「男としては、言われて嬉しい言葉だが……最初にお前に抱かれる快感を教えたのは、梓馬だろう？」

最初の種は、義弟が蒔《ま》いたのだ、と京は言う。

「わたしはただ、芽吹いた種を丹念に育てただけだ」

あのまま枯らせてしまうには惜しい芽だったからな——と告げる口先が閉じないうちに、兄の指が三輪のアヌスを抉る。

「あ……っ」

詰まった中を掻き分けられ、広げられる。そうされることに慣れているそこは、じきにずくりと疼き、差し入れられたものを奥へ引きずり込もうとはしたなく蠢《うごめ》く。

「は、あっ……にいさ——梓馬……」

舌を突き出し、喘ぐ。

「もう……中に、欲し……」

芯から渇望するあまり、くらっと頭の中が眩《くら》み、膝から力が抜けて体が崩れ落ちる。それをとっさに脇を支えて受け止めたのは、梓馬の浅黒い腕だ。

そして、まるで示し合わせたかのように、京が腿の裏に腕を回し、両脚を抱え上げる。

「よっ……と」

梓馬の掛け声と共に、三輪はバスタブに溜まった湯の中にそろりと降ろされた。ざぶん、と派手にあふれたのは、京と梓馬も同時に湯の中に浸《つ》かったからだ。

猫足バスタブとしては大型のものだが、さすがに成人男性三人では窮屈《きゅうくつ》すぎて身動きも取れない。

だがそんなことは少しも構わず、梓馬は背後から三輪を抱き込み、京は正面から三輪のくるぶしをバスタブの左右のふちにかけさせ、両脚の間にいざり寄ってくる。

ぎゅう、と前後から挟まれて、三輪は「やだ、苦しい」と眉を寄せる。

「大丈夫だよ」

くす……と梓馬が笑う。

「どのくらい苛めたら、三輪が一番気持ちよくなるか——俺も京も、知ってるから」

つまり、自分は今から、この姿勢で抱かれるということだ。三輪は喜悦のあまりおかしくなりそうだった。苛められて悦ぶ自分がたまらなく恥ずかしかったが、理解され受け入れられている悦びが、そんな羞恥など押し流してしまう。

ふたりの恋人の四本の腕が、しっかりと絡みつく。

「やっ……あ……！」

梓馬に羽交《はが》い絞めされた体を、京が犯す。

「ああ……っ！」

押し広げられた脚の間を穿たれ、奥まで進まれ、じりじりと突き上げられ、とどめとばかり、揺さぶられた。

湯がちゃぷちゃぷと波立つ。

「にいさん……！」

腸が捩れるような苦しみに、三輪は絞り出すような声を放つ。

「三輪」

実弟の体を裂いている兄が、鼓膜《こまく》を痺れさせるような声で囁く。

「愛しい、わたしの――三輪」

それと同時に、三輪は背後の梓馬が、自分の体を浮き上がらせるのを感じた。

尻の下に、梓馬の腿が入ってくる。

「――っ、あっ……！」

入ってくる。

二本目のものが――。

「ああっ、いや、いや、裂ける――壊れるっ……！」

嫌ぁ、と叫んでも、京も梓馬も退いてくれない。湯の中に血の花が咲き、ほろりと散る。

「あああ……っ！　ひ、い、っ、やだ、お腹……いっぱいになる……っ！　破裂するっ……！」

泣き叫んでも、男たちは容赦しない。三輪の唇を食み、乳首を弄り回し、性器をしごいて強引に射精させる。

どこもかしこも紅く腫れ、痛くてたまらない。バスタブのふちにかけられた足の爪先が、ぐいっと丸まったままがたがたと震える。もう悲鳴も出ない。男たちの激しく執拗な動きを、ただ受け止めることしかできない。

──苦しい。死にそう……。

でもそれが、全身を痺れさせるほどに気持ちがいい。それぞれに好きでたまらない男たちふたりに、愛を込めて苛《さいな》まれている。その思いを噛みしめるだけで、もう、どうにかなりそうなほどに幸せだ──！

「くっ」

「ふ……！」

京と梓馬が、ほとんど同時に腹筋に力を込めるのがわかった。

ぶるぶると武者震いするようなそれに体の前後を挟まれながら、体内で、ふたりの男が同時に熱を炸裂させる感触に襲われる。

洪水のように、滔々《とうとう》と。

「あぁ…………」

幸福感に溺れた刹那、背後から、健康な白い歯の列が、がしりと耳朶を噛んでくる。首の反対側では、京の唇が首筋を蜂蜜でも塗ってあるかのように執拗に舐めては啄《ついば》んでいた。

三輪は、ほとんど自失している。意識も、かろうじて細く保たれているだけだ。

ぷつりと糸が切れれば、それが最後だろう。そのまま、長い意識の喪失に堕《お》ちて、しばらくは目を覚まさない。

――その前に、言ってしまわなくては。

「あいしてる……」

つたない言葉。

こんな陳腐《ちんぷ》な言葉ひとつでは、到底伝わらないことがもどかしい。これほど異形でどろどろした想いを、中学生の初恋の告白と同じ言葉で伝えなくてはならないなんて。

でも、この気持ちを表す言葉を、三輪はほかに知らない。

「にいさん……あずま……」

「三輪」

「三輪……」

最後の、渾身のキスを、ふたつの唇に。

「ふたり、とも……あい、してる……」

そうして、湯煙《ゆけむり》と情事の蒸れた熱気が満ちる浴室で、三輪は目を閉じ、ふたりの愛する男の体の間で、幸福な失神を迎えた。

◇　◇

「わたしに弥一の霊が憑依《ひょうい》していた？」

ひとりさっさとコーヒーを飲み終えた京は、ふたりの弟、実弟と義弟の前で、まだ火をつけずにいる煙草を咥えたまま、ふん、と鼻を鳴らした。

「馬鹿馬鹿しい。何を言っているんだふたりとも。安手のホラーじゃあるまいし、生きている人間に死霊が憑《と》りつくなんてことがあるわけがないだろう」

茫然とする三輪と梓馬の頭上から、チューッ、チュッチュッ、と小鳥の声が降ってくる。

氷輪荘の、森に面したウッドデッキのテーブル。相変わらず旺盛《おうせい》な食欲で豪快にオープンサンドにかぶりついている梓馬と、フォークを使ってちまちまと行儀よくサラダを食べていた三輪は、思わず動きを止めて京を凝視してしまった。ふたりとも一応、いい家の御曹司だから、「はぁ？」などと今どきの若者のような不作法な声は立てないが、気分はそんな感じだ。相変わらずこまめに給仕をしている摂子だけが、素知らぬ顔で口元に微笑を含んでいる。

そうだろうと思った、とでもいう風に。

「――兄さん、何も憶えてないの？」

茫然とした声の三輪は、自力で家に戻った兄と共に、数日、地元の大学病院に入院し、診断を受けた結果、記憶はほぼ完璧に回復しているというお墨付きを得たばかりだ。そんな三輪の隣から、梓馬が呆れ返った声を放つ。

「そうだぞ、あんたあの時、まるっきり曾々祖父《ひいひいじい》さんそのものの状態で、ゾンビみたいに湖から浮かび上がってこの山荘にまで辿り着いたんだ。俺も摂子さんも三輪もはっきり見て――……」

「記憶にないな」

シラを切る政治家のような顔で、京はあっさりと告げる。

「よしんばそういうことがあったとしても、その時のわたしは落水のショックで、たぶん一種のトランス状態だったんだろう。正気ではない人間の言動をいちいちまともに受け取るな」

「あんたな……」

梓馬が呻った。つい五日前に、目の前の長兄は「梓馬に取られるくらいなら」などと自分勝手な理由で三輪を道連れに心中しようとした挙げ句、警察を動員して湖の底を浚《さら》う騒ぎにまでなったのだ。それなのに、当の本人はさっさと自力で湖から這い上がり、どこをどう辿ったのか、しっかり氷輪荘にまで帰り着いて、三輪と感動の再会を果たしていたのだから、呆れ返るほかない。「本当に死んでりゃよかったのに……」という呟きはまさか本心ではないだろうが、丸一日、泥塗れになって捜索隊に加わっていた梓馬からすれば、あんな騒ぎを引き起こしておいて、そんな昔のことは忘れたよ、とばかりに澄まし返っている京は、さぞかし面憎《つらにく》いだろう。

だが京は、梓馬の怒気などどこ吹く風だ。しれっとした顔のまま、煙草の先をライターの火であぶる。すーっ、と吸って、ふーっ……と吐く。

森のほうへ、煙が流れてゆく。

「……第一、曾々祖父さんがどんな男だったかなど、今生きている人間で知っている者はもういないはずだ。その時のわたしが弥一らしき言動をしていたとしても、それが本物の弥一と同一のものだったかどうかなど、今さら証明しようがあるまい」

「そ、そりゃそうだけどよ！」

「でも、あの時兄さんは、弥一しか知らない和泉さんの死の真相を、ぼくに話してくれたじゃないか！」

三輪は縋りつくように反論した。あの時、三輪自身には和泉が――弥一の生涯の想い人だった青年の心が宿っていたのだ。それが今も胸のどこかに、名残のように尾を引いていて、いたましい弥一の魂《たましい》をようやく慰めることができたと、満足感のおすそ分けを頂戴《ちょうだい》したような気分でいたのに、今さらそれを何もかもひっくり返して台無しにするなんて、あまりにひどい――。

「それに、ぼくはあの時、兄さんの口から真相を聞くまでは、和泉さんは弥一の愛人で、彼も早坂逸水と同じように、この山荘で体を売らされていて、その行為の行き過ぎで死んだんだろうとばかり思っていたんだ。でもそれは違っていて、弥一はむしろ和泉さんを身内として大切に庇護していて、でもだからこそふたりは、互いを想いながらも気持ちを通じ合わせることがないまま死別することになってしまった。そんな悲しいふたりの魂が、時を経てやっと結ばれたんだ。ああよかったなぁって、感動していたんだよ？　それを——」

だが兄は、「それこそ馬鹿馬鹿しい話だ」と、あっさりと全否定だ。

「海石榴和泉の死の真相が何だったかなど、今となっては知りようもない。弥一との関係も、お前が言うような美しく儚いものではなく、あの写真の通りの生々しい陵虐行為を伴うような体の関係があったのかもしれないし、逆に恋愛感情など欠片もない、ごく普通の義理の兄弟だった可能性もある。弥一が和泉に似た青年を犯している写真があるとは言っても、それでわかるのは、せいぜい弥一の好みが義弟のような儚げな文学青年だったという程度のことだ。それ以上のことは、単なる想像に過ぎん。正気でなかった時のわたしが何を口走ろうと、そんなものを根拠に『いいお話』を作るな、三輪」

「……っ」

ばっさり斬《き》る、とはこのことだ。三輪はそんな兄の正しさを認めながらも、(ぼくの感動を返せ！)と胸の中で呟いた。せっかく、悪霊に憑りつかれた兄さんをぼくが愛の力で救ったのだと、誇らしく思っていたのに——。

「夢もロマンもありゃしねーな、あんた……」

似たような心境だったらしい梓馬が、呆れて長兄を見遣る。

「わたしは常に現実主義者だ」

とんとん、と煙草から灰を落としたあとで、「だがまあ」と京はにまりと笑う。

「おかげで、あの時三輪の熱烈な告白を聞けたのだから、死霊とやらのせいにしておくのもやぶさかではないが、な」

「ちょ……」

三輪は赤面し、叫んだ。

「記憶にないなんて言っといて、それだけはしっかり憶えてるの？　都合よすぎないっ？！」

「ええ？　何だよ告白って！」

俺、聞いてないぞ、と目をむく梓馬に睨まれて、三輪は目を泳がせた。

――呪いなんかじゃない！　ぼくは……ぼくは、兄さんと梓馬を、心から好きなんだ！　あのふたりを――真実、愛しているんだ！　この世に生まれた時から……いいや、生まれる前から！

そんなことを、（幽霊が相手とはいえ）大声で叫んだような気がする――……。

カーッ、と顔を赤らめる三輪の肩を、梓馬が摑む。「ずるいずるい」と連呼して、「俺にもしてくれよ、告白！　告白！」とぐらぐら揺さぶられながらねだられて、三輪は焦った。

「こ、今度、ね」

「今夜、の間違いだろう？」

京が横から、妖しくくすぐるような声を三輪の耳に忍び込ませてくる。

「梓馬、今夜は気合を入れろ。口を割らないのなら、ふたりがかりで、また言わせてやろう」

「おう、そうだな」

梓馬がパンくずを舐め取りながら、にた、と笑う。

普段不仲なくせに、こんな時ばかり突然意気投合する兄と義弟を交互に見て、三輪はさっと血の気が引くのを感じた。

——数日の入院で、三人で過ごす夜は久しぶりだ。きっと今夜は、それこそ、ふたりがかりで散々に苛めてくるに違いない……。

「楽しみにしていなさい、三輪」

「想いきり意地悪して泣かせてやるからな」

兄と義弟の言葉と共に、ざわざわと梢が揺れる。

三輪の体の中に湧き上がる、淫らな期待に応じるかのように——。

顔を赤らめ、震えながら俯《うつむ》く三輪に、左右から兄と義弟が近づいてくる。

それぞれからのキスを、三輪は薄く唇を開き、舌先を触れ合わせ、淫らに受け入れた。

あとがき

ＢＬ《ボーイズラブ》をこよなく愛する素晴らしき世界の皆さま。ごきげんよう。高原《たかはら》いちかです。

よもやまさか、この三兄弟に再会することがあろうとは、わたし自身思いもよりませんでした。面倒くさい兄弟たちの面倒くさいストーリー第二弾はいかがでしたでしょうか。高原は改稿の際に読み返してみて、自分で書いておきながらあまりの肌色シーンの多さにめまいがしました。受けの三輪《みわ》ちゃんの頑丈さよ……（ＢＬでそれを言ったらおしまいですが）。

そして校正まで終えた今は、三輪ちゃんごめんね、という気持ちでいっぱいです。「マゾヒズム」がテーマのお話とはいえ、三輪ちゃんいっぱいひどい目に遭わせてごめんね～。でも書いていてとっても楽しかったわ～(笑)。


おかげさまでご好評いただきまして、重版もさせていただけた前作ですが、また新たなお話を書くとなると、三人での関係が一度決着した兄弟たちの物語を、どうやって再度展開させるかは、意外に難しい課題でした。京《きょう》か梓馬《あずま》の昔の恋人が現れて波乱を巻き起こす、というのも考えたのですが、三兄弟の秘密を知る第三者をそうそう簡単に増やすのもなぁ……と思案した末に、基本的に前作で登場した人物以外は出さないことにしました（幽霊は別ですが）。なので全編に何となく「閉じた」感じがあるかと思います。読者様に、その閉塞した空気感を感じ取っていただければ成功ですが、いかがでしたでしょうか。
銀座の老舗商家である汐月《しおつき》家には、古き良き家としての上品な表の顔があります（三兄弟イケメン揃いですし）。しかし、それがあるゆえになお一層どろどろとした裏の顔を持っています。過去の因縁。血の呪い。兄弟からの異常な執着。それらがすべて自分の前に出揃った時、三輪はどう反応するか。拒むのか、屈するのか。それとも……。

最後になりましたが、汐月家をめぐる世界観の半分以上を、その画力で担っていただきました小山田《おやまだ》先生に御礼を。
そしてこの本を手に取って下さったすべての方に、愛と感謝を込めて。

平成二十九年三月末日

高原いちか　拝

蝕みの月《むしばみのつき》

高原いちか
イラスト：**小山田あみ**
本体価格855円+税

画商を営む汐月家三兄弟——京、三輪、梓馬。三人の関係は四年前、目の病にかかり自暴自棄になった次男の三輪を三男の梓馬が抱いたことで、大きく変わりはじめた。養子で血の繋がらない梓馬だけでなく、二人の関係を知った長男の京までもが、実の兄弟であるにもかかわらず三輪を求めてきたのだ。幼い頃から三輪だけを想ってくれた梓馬のまっすぐな気持ちを嬉しく思いながら、兄に逆らうことはできず身体を開かれる三輪。実の兄からの執着と、義理の弟からの愛情に翻弄される先に待つものは——。

リンクスロマンス大好評発売中

喪服の情人《もふくのじょうじん》

高原いちか
イラスト：**東野 海**
本体価格870円+税

透けるような白い肌と、憂いを帯びた瞳を持つ青年・ルネは、ある小説家の愛人として十年の歳月を過ごしてきた。だがルネの運命は、小説家の葬儀の日に現れた一人の男によって大きく動きはじめる——。亡き小説家の孫である逢沢が、思い出の屋敷を遺す条件としてルネの身体を求めてきたのだ。傲慢に命じてくる逢沢に喪服姿のまま乱されるルネだが、不意に見せられる優しさに戸惑いを覚え始め…。

海の鳥籠

高原いちか
イラスト：**亜樹良のりかず**
本体価格870円+税

地中海に浮かぶニケ諸島を支配する、ウニオーネ一家。そこに引き取られたリエトは、ある事情で一家から疎まれていた。そんななか唯一リエトを大事にしてくれたのは、穏やかで優しい一家の跡取り・イザイア。自分のすべてを求めてくれた気持ちを嬉しく思い、一度だけイザイアと身体の関係を結んでしまったリエトだが、この関係が彼の立場を危うくすることに気づき、一方的にイザイアを突き放し姿を消す。しかし数年後、別人のように残忍な微笑を浮かべたイザイアがリエトの前に現れ、リエトは執着と狂気に形を変えたイザイアの愛情に翻弄されていくが…。

リンクスロマンス大好評発売中

蒼穹の虜《そうきゅうのとりこ》

高原いちか
イラスト：**幸村佳苗**
本体価格870円+税

たおやかな美貌を持つ天蘭国宰相家の沙蘭は、国が戦に敗れ男でありながら、大国・月弓国の王である火竜の後宮に入ることになる。「欲しいものは力で奪う」と宣言する火竜に夜ごと淫らに抱かれる沙蘭は、向けられる激情に戸惑いを隠せずにいた。そんなある日、火竜が月弓国の王にまでのぼりつめたのは、己を手に入れるためだったと知った沙蘭。沙蘭は、国をも滅ぼそうとする狂気にも似た愛情に恐れを覚えつつも、翻弄されていき…。

この本を読んでの
ご意見・ご感想を
お寄せ下さい。

〒151-0051
東京都渋谷区千駄ヶ谷4-9-7
(株)幻冬舎コミックス　リンクス編集部
「高原《たかはら》いちか先生」係／「小山田《おやまだ》あみ先生」係

リンクス ロマンス

蝕みの月 ～深淵～

2017年3月31日　第1刷発行

著者……………高原《たかはら》いちか
発行人…………石原正康
発行元…………株式会社　幻冬舎コミックス
〒151-0051　東京都渋谷区千駄ヶ谷4-9-7
TEL 03-5411-6431（編集）
発売元…………株式会社　幻冬舎
〒151-0051　東京都渋谷区千駄ヶ谷4-9-7
TEL 03-5411-6222（営業）
振替00120-8-767643
印刷・製本所…株式会社　光邦
検印廃止

ISBN978-4-344-83962-5 C0293
Printed in Japan

幻冬舎コミックスホームページ　http://www.gentosha-comics.net